魅惑の王子と
魅了の効かない伯爵令嬢の
契約結婚
2
瀬尾優梨
illust. なま

サンドラ・レディング
（旧姓：エドモンズ）
レディアノール王国
第二王子妃
エドモンズ伯爵を伯父に持つ
元王城使用人

パーシヴァル・
レディング
レディアノール王国
第二王子

目次

Miwaku no ouji to miryou no kikanai hakushakureijou no keiyaku kekkon

魅惑の王子と魅了の効かない伯爵令嬢の契約結婚

2

瀬尾優梨

illust. なま

序章　願いと祈り

彼の命は、もうすぐ尽きようとしていた。

「今までありがとう。君がいてくれたから、僕は短い命を精一杯燃やして領民に尽くすことができた」

ベッドに横たわる青年が穏やかに言うと、彼の枕元にいた〈彼女〉はすすり泣きをしながら青年の腕に触れた。

「そんな、お別れの言葉みたいなことを言わないで。あなたはまだ、生きるべきよ」

「僕も、自分の命のことくらい分かっているさ。君がいなければ、もっと早く尽きていただろう。少なくとも、僕はやりたいと思えることをやり遂げた。だから、十分なんだ」

青年は微笑み、自分の腕に触れる〈彼女〉の背中を指の先でとんとんと叩く。

「君には長い間、世話になった。……もうここにいる必要もないから、好きなところに行くといいよ」

「いいえ、そんなことはしないわ。……私、ここに残る」

「……」

「私、あなたが育てたこの領地を守っていくわ。あなたみたいに、若くして病に倒れる人がもう出ないように。皆がずっとずっと健康でいられるように、祈り続ける。そしてあなたの子孫がこの地を治めていくところを、見守るわ」

〈彼女〉が決意を込めた目で言うと、青年は少し迷ったのちに小さく笑った。

「……君は、そういう子だよね。一度言い出したら、周りが何と言おうと絶対に撤回しない」

「よく分かっているじゃない。……だから、安心して。あなたが頑張った証し、あなたの生きた証拠を、私が守り続けるから」

「……分かった。ありがとう、アン。君と会えて、本当によかった……」

青年はそう言うと微笑み、まぶたを閉じた。

しばらくの間彼の腕を撫でていた〈彼女〉だが、その腕から生命が消えたのを察して目を伏せた。

その小さな唇が、青年の名を呼ぶ。

もう、その声に応える者は、いなかった。

一章　サンドラの『宿題』

レディアノール王国に、春がやってきた。

王国の冬は豪雪や雪崩などは滅多に起こらないものの、北部は常に雪に包まれ王都周辺もよく雪が降るため、人々は家にこもりがちだ。年間の大きな行事も初冬の建国祭が最後なので、冬の間は家にこもってゆっくり過ごし、春になるのを待つ。

冬は、行事がほとんどない。そして春になると一斉に解禁となるため、ドレスなどの製作を依頼される服飾業界などは冬の終わり頃から忙しくなるそうだ。

春以降解禁されるものの一つに、サロンがある。サロンは王族や高位貴族の女性たちが主宰するもので、知人を招いて刺繍や詩歌、絵画などを一緒に楽しむ趣味の同好会のようなものだ。

だがサロンは交流の場であり、情報収集の場であり、権力を誇示するための場でもある。男性の陰に隠れがちな女性たちだが、夫や父親を陰で操るのはサロンを主宰する妻や娘たちである、とさえ言われている。

つまりサロンの主宰は、高貴な身の上の女性の義務でもあるのだ。

「……はぁ」

レディアノール王城の、離宮にて。

豪華なソファに座って長々とため息を吐き出すのは、赤茶色の髪を持つ若い女性。夫から贈られた薄紫色の春物ドレスを纏《まと》う彼女が本日何度目になるか分からないため息をついたため、その向かいでお茶を飲んでいた貴婦人がおっとりと笑った。

「サンドラ様、相当お悩みのようですね」

「あっ……ごめんなさい。せっかくアーシュラ様をお招きしてのお茶会なのに」

「お気になさらず。……何度もため息をつきたくなるほど、『宿題』に悩まれているのでしょう？」

　黒髪の男爵夫人に問われたサンドラは、こくっとうなずいた。

　サンドラは、レディアノール王国第二王子パーシヴァルの妃である。先日誕生日を迎えて二十一歳になった彼女は去年の夏に結婚したばかりの新婚で、夫と一緒にこの離宮で暮らしている。

　今でこそ第二王子妃という身分であるものの、結婚前のサンドラは厳密に言うと貴族令嬢でさえなく、父方の伯父がエドモンズ伯爵というだけの平民に毛が生えた程度の立場だった。そのため故郷を離れて王都に働きに出て、採用試験を経て王城使用人になった。

　王城使用人時代には気の置けない仲の友だちができたり後輩に目を付けられていびられたりと、今振り返ればいろいろな意味で充実した日々を送っていた。だが去年の夏、体調不良になっていたパーシヴァルを見つけて介抱したことがきっかけで、彼に妃として迎えられることになったという経緯がある。

　本日サンドラは、自分の教育係でもあるサージェント男爵夫人アーシュラを離宮に招いて、こぢんまりとしたお茶会を開いていた。

去年の秋に起きたグレイディ公爵令嬢ビヴァリーによる事件の際、アーシュラが毒入りの紅茶を飲んでしまった。すぐさま吐き出させて治療を受けたことで大事には至らなかったものの彼女は冬の間は自邸で安静にしており、今年になって初めて王城に来ることができたのだ。

アーシュラ曰く今年の頭には元気になっていたそうだが、彼女の夫のロイドが「暖かい時季になるまでは屋敷にいろ」と言って聞かなかったらしい。いつも冷静なロイドだが、妻のことになるとそうもいかなくなるようだ。

そういうことで気合いを入れてアーシュラを迎えたのだが、サンドラの頭の片隅には別のことが鎮座《ちんざ》しており、お茶会中だというのに気もそぞろになっていた。

『サンドラ・レディング主宰のサロンを、開いてみなさい』

義父でもある国王からそのように言われたのは、数日前のこと。

あまりにも大きすぎる課題なので少しでもかわいげと親しみが湧《わ》くかと思って『宿題』と呼んでいるのだが、実際は全くかわいくない。

(私主宰のサロン……って、何をすればいいの⁉)

「多くの場合、サロンは主宰者が一番得意な分野で開きますからね」

そう言うアーシュラは男爵夫人ということでまだ自分が主宰するサロンは持っていないが、彼女の夫はギャヴィストン侯爵令息であるため、いつか彼女も侯爵夫人になる。そのときには得意のフラワーアレンジメントの方面でサロンを開く予定だと、以前教えてくれた。

アーシュラとは一緒に花を生けたこともあるのだが、確かにその腕前は見事だった。フラワーアレンジメントのサロンがあまりないのもあり、きっと彼女が開くサロンは物珍しさもあって評判になるだろう。

「第二王子妃サンドラ様主宰の初のサロンとなると、興味を持つ人も多いはず。それに比例して期待値も上がるでしょうね」

「どうしましょう……私、自慢できる趣味や特技がなくて」

サンドラは元々平民なので、貴族の令嬢のように幼い頃から芸術を仕込まれたわけではない。

「無趣味なのは辛いです……。やはりこういうのは、インパクトも大切ですよね」

「インパクトも大切ですが、それを重視するあまり中身が空虚なものになっては意味がありません。来客に『肩透かしだ』と思われるくらいなら、王道を堅実に攻めていく方がよいかもしれません。『花瓶の男』にならないようにしないといけませんね」

アーシュラの言葉に、サンドラは姿勢を正した。

『花瓶の男』とは、「一度に二つのものを手に入れようとしてはならない」という意味の、レディアノール王国のことわざだ。昔、二人の恋人を妻にしようとした男がいたが、両方に逃げられてしまった。彼が得たのは皆からの嘲笑《ちょうしょう》と、『花』が逃げた後に残っていた花瓶だけでした、という物語がもとになっている。

サンドラも、手柄を欲するあまり『花瓶の男』のように虚しい思いをすることだけは、避けなければならない。

夕方になり、アーシュラは迎えに来た夫に連れられて屋敷に帰っていった。去り際に「いつでも相談に乗りますからね」と言ってくれる彼女は、とても頼もしい。

ロイドはアーシュラの迎え兼パーシヴァルの送りでもあったため、サンドラは公務を終えて帰ってきた夫を玄関で出迎えた。

「おかえりなさいませ、殿下」

「ただいま、サンドラ」

まだここは人目があるので、「王子と王子妃」としての距離感を保ちつつ挨拶を交わす。だがリビングに向かい執事やメイドたちにも退室を命じて二人きりになると、すかさずパーシヴァルがサンドラの腰を抱き寄せ、唇を重ねた。

皆の前では王族として気品ある態度であろうと心がけるサンドラたちだが、まだまだ新婚ほやほやの夫婦だ。だから二人きりのときにはお互いにうんと甘え、甘い雰囲気に浸《ひた》っていた。

「今日は男爵夫人とゆっくり過ごせたか？」

唇を離したパーシヴァルが尋ねてきたので、サンドラはうなずいた。

「はい。アーシュラ様もすっかり元気になられていて、たくさんお話ができました」

「それはよかった。……今日一日、ロイドも奥方の体調を気にしているのか、珍しくも時々気が散っているようだったな」

そう言って笑うパーシヴァルを、サンドラはしげしげと見つめた。

サンドラよりも頭一つ分ほど背の高いパーシヴァルは、金色の髪に空のような青い目を持つ美丈夫だ。抱きついた体はがっしりとしていて、とても頼もしい。兄である王太子を守る第二王子として育った彼は騎士団にも所属しており、鍛えられた体つきをしていた。

……そんな彼はサンドラと出会うまで、厳しい環境の中で生きてきた。というのも、彼は生まれながらに妖精の血の影響により、「自分の肌を見た女性を興奮させてしまう」という厄介極まりない体質を持っていたのだ。

レディアノール王家の先祖に妖精の血を与えられた者がいたらしく、特殊な力を持つ者はたまに生まれたそうだ。だがパーシヴァルの体質はデメリットばかりが目立ち、メリットもハニートラップを仕掛けられるということくらいだった。今では彼も自分の体質とうまく付き合っているようだが、これまでずっとこの体質に苦しめられてきたという。

そんな悲劇の王子様となぜたかが伯爵の姪のサンドラが結婚できたかというと、サンドラにはパーシヴァルの体質が効かなかったのだ。その理由はよく分からないが、多分「筋肉慣れ」だろうと仮定している。

サンドラの男性親族は誰も彼も筋肉まみれのむさ苦しい男ばかりで、しかもなぜか伯爵領も見渡す限りムキムキ男性まみれなので、慣れているからなのではないかということだった。真実は分からないし、もうどうでもいいとサンドラは思っている。

つまるところ二人の婚姻は、打算まみれの契約結婚であった。最悪、社交などの必要なときだけサンドラを引っ張り出してそれ以外は離宮に放置される……ということもあり得たのだが、パーシヴァルは結婚当初からサンドラに優しくしてくれたし、お互いのことをもっと知ろう、と言ってくれた。

そして去年の秋に起きた事件を契機に、お互いのことが好きだと告白し合い、共に支え合おうと約束するに至った。

（本当に、こんなに素敵な人と結婚しただけでなくて、両想いになれたなんて今でも信じられないわ……）

サンドラの視線に気づいたのか、パーシヴァルは目を瞬《また》かせてからいたずらっぽく微笑んだ。

「……何やら熱い眼差しを感じるな。これは、お誘いとみてもよいのだろうか？」

「えっ⁉ あ、いえ、そういうつもりではないです！」

「そうか。サンドラからのお誘いならいつでも喜んで受けるつもりだから、残念だな」

そんなことを言って悲しそうに目を伏せるパーシヴァルは、「待て」をする健気な犬のようだ。

両想いの夫婦なのだから、サンドラが本当に「お誘い」を仕掛けてその「お誘い」にパーシヴァルが乗ってきても、何も問題ない。普段はパーシヴァルの方から「お誘い」をしてくれてサンドラが応じる形なのだし、悲しそうな夫を見ているとつい絆《ほだ》されそうになる。

……だがここで彼に同情して「いえ、実はお誘いでした」と言えば、それまでのしおらしい態度はどこに行ったのか遠慮なく食いついてくることを、サンドラは知っている。サンドラの「待て」を従順に聞くパーシヴァルだが、一度「よし」と言われると速攻で妻を部屋に連れ込もうとするというのは、学習済みだ。

「そうやって良心をくすぐる作戦は、通用しませんよっ！」

「おや、ばれてしまったなら仕方がない。……そういえば、男爵夫人が来たら『宿題』について相談してみると言っていたな。よい案は浮かんだのか？」

「……『花瓶の男』にならないようにとご助言いただきましたが、これといったものはまだ思い浮かんでおりません」

　サンドラが答えると、そのことわざを聞いたパーシヴァルは「確かにな」とうなずいた。

「客たちの関心を引きたいがあまり空回りすることになっては、元も子もない。それにここで開いたサロンは今後も継続していくことになるのだし、サンドラが関心のある分野でなければこれから続けていくのが苦になってしまうだろう」

「そうですよね。……でも私、趣味と言える趣味がありませんし、これといった特技もないので……」

「茶を淹《い》れるのが得意とのことではなかったか？　君が淹れる茶は、とてもおいしい」

「ありがとうございます。……それももちろん考えたのですが、お茶のサロンは既に王太子妃殿下が開かれているので」

　もうすぐ待望の第一子が生まれる王太子妃デジレは無類のお茶好きで、お茶のサロンを開いている。妊娠が判明してからはサロンもお休みで好物のお茶も控えているそうだが、さすがに義姉と全く同じサロンというのはいろいろな面でよろしくないだろう。

　サンドラの答えに、パーシヴァルは悩ましげな表情になった。

「……なかなか難しい。そうだ、ご家族に相談してみてはどうだ？」

「うちの家族にですか？」

「ああ。さすがに伯爵家となると手紙のやりとりも大変だが、幸いにしてユリシーズ殿が王都にいる。彼に聞いてみるのはどうだろうか」

　ユリシーズは、サンドラの筋肉従兄弟の一番上であり、伯父の養女になった今は長兄になっている。筋肉盛り盛りエドモンズの祝福を存分に受けた彼は明るく朗らかで、戦闘面では非常に頼りになる。

（……でも、お兄様に相談するの？　サロンについて？）

　相談相手を、間違っているのではないだろうか。

「……ええと。兄は武人ですので、サロンなどの知識には疎《うと》いと思うのですが」

「だが、畑違いだからこそ得られる知見があるかもしれないだろう？」

　パーシヴァルは、熱心にユリシーズを推している。脳みそまで筋肉な兄だが、パーシヴァルは彼のことをやたら気に入っているようだ。

「……分かりました。では、手紙を書いてみます」

「ああ、そうしてくれ！　……ついでに私からの手紙も同封しよう」

「何か兄に伝えることでも？」

「……い、いや、内容については気にしなくていい」

　明らかに焦り始めたパーシヴァルに違和感を覚えつつも、サンドラはユリシーズに宛てた手紙を書いて配達を依頼し――パーシヴァルはなぜか、小冊子ほど厚みがありそうな手紙を同封してきた——翌日には、返事が届いた。

「おはよう、サンドラ！　おお、我が妹は今日も非常に愛らしい！」

本人という名の、返事であるが。

公務に行くパーシヴァルを送り出してしばらくした頃、離宮にユリシーズがやってきた。離宮仕えの者はユリシーズの顔を知っているのだが、偶然通りがかっただけの若い兵士がどかどかと離宮に突撃するユリシーズを見て、「不審な大男が第二王子殿下の離宮を襲撃している！」と勘違いしたため、通報されたとか。

見上げるほど大きな兄は、騎士団の制服を着ている。エドモンズ伯爵家はサンドラの結婚に際して、陞叙《しょうじょ》と王国騎士団の指導を命じられたらしい。ユリシーズはいずれ爵位を継ぐので騎士団の指導は次兄の仕事になるが、それまでの間は彼が王都に留まって騎士団での活動を行うことになっていた。

騎士の制服姿なのに不審者扱いされる兄に、サンドラは若干同情してしまった。

「お久しぶりです、お兄様。冬の間はお会いできなかったので、お元気そうな姿を見られて嬉しいです」

「おお、言葉遣いもすっかり王子妃殿下らしくなったな……いえ、王子妃殿下らしくなられたようで、何よりでございます」

「もう、私が何になろうと、お兄様は私の兄です。普通に接してくださいな」

大きな体を縮こまらせてかしこまるユリシーズの肩を叩くと、顔を上げた彼ははは、と笑った。

「ではそうさせてもらおう！　……ああ、そうだ。昨日、サンドラとパーシヴァル殿下からの手紙を受け取って読ませてもらった。サンドラは国王陛下より命ぜられたサロン開催についての相談、パーシヴァル殿下はサンドラへの想いを綴った報告書だったな」

ここでサンドラは、昨日パーシヴァルが同封してきた分厚い手紙の中身を知った。夫は兄に何を報告しているのだ、と突っ込みたくなったが、小冊子の正体が分かったのでもういいことにした。

「そうなのです。私の得意分野で、なおかつ背伸びしすぎない内容のサロンを開こうと思うのですが……これといったものが思い浮かばず」

「サンドラは昔から器用な子だったが、何か一つに熱中することはなかったな」

サンドラが生まれたときから知っているユリシーズは、メイドが出してくれたお茶――彼の手のサイズに合わせるために用意されたカップは、カフェオレボウルのように大きい――を一口飲んでから太い腕を組んだ。

「私は貴婦人のサロンに詳しくないのだが、花を愛でたり絵を描いたり詩を詠んだりするものだと聞いている。となるとサンドラも、何らかの芸術方面でサロンを開くべきだろうか。……いや、そもそも国王陛下からの『宿題』とのことだが、妙なタイミングで……」

「お兄様？」

何やら考え込み始めたユリシーズに声を掛けると、彼は「おおっと、すまんな！」と顔を上げて朗らかに笑った。

「残念ながら不肖の兄ではよい案が思い浮かびそうにない。……貴婦人は、筋肉体操などはしないだろう？」

「多分貴婦人に限らず、大多数の人間はしないと思います」

「だよな。……うおおおお、いかん！　考えすぎて筋肉が硬くなってしまう！」

「筋肉はずっと硬いのでは？」

「それは違うぞ、サンドラよ。よく覚えておくのだ。……筋肉は、常時はしなやかで、とても柔らかいものであると！」

ユリシーズはそう言って残っていたお茶を一気に飲むと、ムキッと腕の筋肉を膨らませるポーズをしてから、「体を動かしてくる！」と叫んで部屋を飛び出していった。どうやら脳筋の兄にとっては、座って十分ほど話をするのも苦痛だったようだ。

（ご無理を言ってしまったわね……）

ぽかんとするメイドにユリシーズの茶器を下げるように言ってから、ふとサンドラは先ほどの兄の言葉を頭の中で繰り返す。

（筋肉はずっと硬いのではなくて、常時はしなやかで柔らかい……）

そういえば、あんな体格ではあるものの従兄弟たちは驚くほど身のこなしが軽い。いつぞや披露してくれた『エドモンズ伯爵家三兄弟による筋肉の舞～サンドラのために～』では、跳んだり跳ねたりとダイナミックな踊りを披露してくれたものだ。あまり、思い出したくはないが。

（……ん？　あ、もしかして――）

「……いいの、思いついたかも」

サンドラはつぶやくと、メモを取るために自室に駆け込んだ。

＊＊＊

サンドラが『宿題』を課されてから約一ヶ月後、王城の片隅で第二王子妃サンドラによる初のサロンが開かれた。

サロンを終えて客たちを送っているところに夫の声が聞こえてきたので、サンドラは振り返った。

「サンドラ！」

「まあ、パーシヴァル殿下！」

「公務が終わったから、様子を見に来たのだが……どうやら大成功のようだな」

サンドラの前に来たパーシヴァルはそう言って、あたりを見回した。

サンドラの初主宰となるサロンに参加した貴婦人や令嬢たちは皆、頬を赤らめて部屋から続々と出てきている。だがその頬が赤いのは照れや恥じらいなどではなくて……体の中から温まっているからだった。

「体操サロン、か……。最初計画書を見たときには驚いたが、なるほどこれは評判になりそうだ」

「ありがとうございます！　これも、手を貸してくださった殿下やアーシュラ様……それにお兄様のおかげです」

二人の視線の先では、サロンの補助をしてくれたアーシュラが帰宅する女性たちに飲み物を配っている。皆それをありがたく受け取っておいしそうに飲み、少し先でメイドが持っている籠の中にカップを入れて帰っていく。

サンドラが考案したのは、女性の健康のための体操サロンだ。

体を鍛える、と聞くと女性はどうしても敬遠してしまうが、しなやかで健康な体を作るための体操教室のようなものだと宣伝すると俄然《がぜん》興味が湧いたらしい。「二十人ほど来れば十分ですね」とアーシュラと話していたものの噂を聞いた人たちが続々と集まり、最終的に五十人近くもの女性たちが集まった。

サンドラが参考にしたのは、故郷にいる頃に従兄弟たちがやっていた筋肉体操だ。だがあれはいろいろな意味であまりにもアレなので、パーシヴァルの助言も参考にしつつアレンジした。

暖かい部屋の中で体を伸ばしたりストレッチしたりしつつ、交流する。薄着になって常時であれば少しはしたないと言われそうな体勢にもなるが、サロンの会場である部屋の周囲は女性の使用人で固めているため、異性の視線を気にせずに体を動かすことができた。

若い女性なら月経痛の解消や妊娠出産に備えた体作りのため、年長の貴婦人なら年を取ってもなお美しい体を作るためのプログラムにしたので、集まった女性たちは最年少は十二歳、最年長は六十歳と幅が広く、体操を終えた後のドリンクタイムでは年齢や身分を問わずおしゃべりをしていた。

客たちを捌《さば》き終えたアーシュラがこちらにやってきて、サンドラの隣にパーシヴァルがいるのに気づいたようで足を止めた。既婚者の彼女でも、パーシヴァルの体質に惑わされてしまう可能性があるからだ。

「お疲れ様でした、サンドラ様。……パーシヴァル殿下、サンドラ様のサロンは大変好評で、皆様からも嬉しいお言葉をたくさんいただいております」

「アーシュラ様も、お手伝いくださりありがとうございました」

「協力に感謝する、男爵夫人。……私も、妃の発想には舌を巻いている。いつまでも私が守らねばならないと思っていたのだが、サンドラはそんな枠には収まらないようだ。私より妃の方が人気者になっても、おかしくないな……」

「も、もう、殿下。それは言い過ぎですよ！」

「……いえ、案外当たらずとも遠からずかもしれませんよ」

「ロイド、おまえが言うとどきっとするからやめてくれ」

いつの間にか自分の後を追ってきていたロイドにパーシヴァルがげんなりとした顔で言うと、茶色の長髪につり眉垂れ目の近衛騎士は「事実ですからね」と素っ気なく言ってから、アーシュラの方を見た。

「……ということで、サンドラ様のサロンは大成功だったのだな？」

「そうです、旦那様。……サンドラ様の『宿題』、完遂ですね」

「ああ。これでよい報告ができるな」

（……よい報告？）

ロイドの意味深な物言いにサンドラとパーシヴァルが首を傾げていると、こちらを見たロイドが小さく笑った。

「……お見事です、サンドラ様。ということでこの場のことは我々に任せて、殿下と一緒に陛下の執務室にお行きください」

「えっ？」

「……さてはおまえたち、国王陛下から様子見を命じられていたな」

ぴんときたらしいパーシヴァルが呆れたように言うと、ロイドとアーシュラはそっくりの笑顔でうなずいた。

「ご明察のとおりです」

「サンドラ様は必ずわたくしに相談するだろうからと、あまりにも的確な助言はしないようにしてサンドラ様ご自身で課題を解決されるようにと言われておりました」

（……そういうことだったのね）

なるほど、とサンドラは納得した。アーシュラが『花瓶の男』のアドバイスだけしたのも、自分があまりにもあれこれ言うとサンドラの主体性がなくなってしまうかもしれないからだったのだ。

アーシュラの方を見ると彼女が微笑んだのでサンドラも笑顔を返すが、パーシヴァルの方は何やら納得がいっていないようでロイドに突っ掛かっていた。

「だが、そのことを私には言ってくれてもいいではないか」

「殿下はサンドラ様のことになると若干判断力が鈍るので、お伝えしたことで万が一にでもサンドラ様に感づかれてはならないと思いました」

「くっ……」

「それはいいとして。先ほども申しましたように、本日のサロンの成果について国王陛下にご報告に行ってください。そこで、陛下がサンドラ様に『宿題』を出された理由についてもお教えいただけるでしょう」

「会場の片付けの指示はわたくしがしますので、サンドラ様は殿下と一緒に行ってきてくださ い」

アーシュラもそう言うので、サンドラはうなずいてパーシヴァルの手を取った。

「では、執務室まで一緒に来ていただいてよろしいでしょうか」

「もちろんだ。……だが、父上は一体何を企んでいらっしゃるのだろうか」

パーシヴァルが難しい表情で言うので、サンドラは背伸びをして夫の頬に触れた。

「『宿題』の理由が何だったとしても、私は大丈夫です。……あなたが一緒なのですから」

「サンドラ……！」

「さあ、行きましょう」

「ああ！」

悩ましげな表情から一転して笑顔になって、サンドラの手を取りエスコートするパーシヴァル。

「……サンドラ様、殿下の扱いが上手になりましたね」

「あの方、案外奥方の尻に敷かれるのが好きなタイプなのかもしれませんね」

「それはあなたもでしょう？」

「……」

ロイドは目をそらして「……片付けをしましょう」と言ってきびすを返し、そんな夫の背中をアーシュラはくすくす笑いながら見つめていた。


国王の執務室にて、サンドラは国王のみならず王妃や王太子ゲイブリルにまで迎えられた。さすがに身重の王太子妃はいないが、国王一家勢揃いである。

「話は聞いている。そなたの采配見事であった、サンドラよ」

「ありがとうございます、陛下。これもパーシヴァル殿下やサージェント男爵夫人のおかげでございます」

「謙遜せずともよい。……そなたが女性の健康のための体操サロンを開くと聞いて、自分も行ってみたいとねだる妃をなだめるのに苦労した」

「本当に、今回がサンドラのお手並み拝見の場でなかったらわたくしも参加していたのに」

王子二人の母でありながら若々しい王妃がむくれたように言うと、母の隣にいた王太子はうなずいた。

「母上は、次回以降のサロンでは飛び入り参加しそうだな。……デジレも今は出産に備えている時期だが、いずれそなたのサロンに行ってみたいと言っていた」

「光栄です。是非ともおいでください！」

「……それで、だ。先ほど王妃も言ったが、今回そなたに命じた課題は、サンドラの力量を確かめるために設けたものだった」

国王の言葉で、サンドラは諸々の事情を理解した。

（国王陛下は私の王子妃としての力量を見るために、サロンの主宰を命じた。その監視係になったのがアーシュラ様だったということね）

「……ずいぶん急にサロンの主宰をお命じになったとは思っておりましたが、そうであるなら私には言ってくださってもよかったのでは？」

「これはおまえに対する課題でもあった。……サージェント男爵からは、サンドラがサロンの準備を始めてからのおまえは若干落ち着きがなかったものの、必要以上にサンドラに手を貸すことはなかったと聞いている。いくら愛する妃のためとはいえ、その自立心や主体性を奪うようでは王子として力量不足であるからな」

どうやら、アーシュラだけでなくロイドもパーシヴァルの監視係になっていたようだ。

父親の言葉に言い返せないようでパーシヴァルは顔をしかめてから、咳払いした。

「……陛下がサンドラにサロン主宰をお命じになった理由は、これだけですか？」

「今回の課題で、おまえたち夫婦の実力と相手を信頼し支える姿勢がよく分かった。……そこで、おまえたちに公務を任せたい」

その途端、それまでの家族同士特有の緩《ゆる》さが消えたため、サンドラは姿勢を正した。

(私の実力を確かめて、その上で公務をお命じになるつもりだったのね……)

サンドラとパーシヴァルを順に見た国王が王太子に目配せすると、彼はうなずいて口を開いた。

「もうすぐ、ロドムニア帝国で博覧会が開かれる。前回は私とデジレがレディアノール王国の代表として訪問したのだが、今回はデジレを連れていくことができない。……これまではパーシヴァルの体質を考慮していたため、おまえを一人で国外訪問させることがなかった。だが今のおまえには妃のサンドラがおり、そのサンドラも王国代表として派遣するのに十分な実力があると判断した。よって、今年の博覧会訪問をおまえたち夫婦に任せたい」

(ロドムニア帝国の、博覧会……)

王太子の言葉を緊張しながら聞いていたサンドラに、王妃が呼び掛けた。

「パーシヴァルはともかく、サンドラは帝国博覧会について知っていますか?」

「基本的なことだけですが。ロドムニア帝国は妖精信仰が盛んな国で、建国の際に力を貸してくれたと言われる妖精が眠る石を国宝としています。帝国では三年に一度、国宝の石を安置している宝物庫の扉を開放して、各国から訪問した王侯貴族や一般客に向けて公開されます。同時期には帝国のあちこちでにぎやかなお祭りが行われ、帝国の経済を潤すことにもなっている……と」

「それだけ知っていれば十分ですよ」

王妃が微笑んだので、サンドラはほっとした。
（一般常識として最低限のことしか知らなかったから、妃教育のときに教えてもらえてよかった……！）

ロドムニア帝国は、レディアノール王国の南東の海を越えた先にある国家だ。国土はレディアノール王国の三倍近いものの、領土の大半が砂漠や荒れ地ということもあって人間が住んでいる面積はそれほどでもないため、総人口はレディアノール王国と大差ないと言われている。

海を挟んだ隣国ではあるものの、レディアノール王国との仲はそれほどいいわけではない。あちらとこちらでは文化や風習もかなり異なり人々の気質も大きく違うので、「何かの折には互いに表敬訪問するが、積極的な関係は持たない」といったところだ。

「ロドムニア帝国は我が国の建国式典でも、毎年使者を送ってくる。こちらも帝国で皇族に関する慶弔の折には使者を派遣しているが、国宝の石を披露する博覧会は毎回帝国も力を入れているので、王族が訪問する必要がある。……そこでパーシヴァルとサンドラを、今回の王国代表として送り出すつもりだ」

「……博覧会の時期になると毎回私も会議の場に出るのに、今回は私だけ締め出しを食らっていたのは、そういう理由があったからなのですね」

理由があるからとはいえ蚊帳《かや》の外にされていたからかパーシヴァルはやや不満げだが、「嫌」という態度は見えてこない。むしろ、その空色の目は意欲に燃えているようだった。

（パース様は、これまで一度も公務で国外に出られたことがない。これが初めてのことで……パ

ース様にとってきっと、とてつもない意味を持つのね）

パーシヴァルの横顔を見ていると、彼の目がこちらを向いた。無言で尋ねられたので笑顔でうなずくと、前に向き直ったパーシヴァルが自分の胸に拳を当てた。

「拝命いたします。サンドラと共に、レディアノール王族としての責務を果たして参ります」

「パーシヴァル殿下の妃として、尽力いたします」

「ああ、そう言ってくれると助かる」

国王は、ほっとしているようだ。

その安堵は、自分の提案を受け入れてくれたことだけでなく……仕方ないとはいえこれまで国外の公務に出すことができなかった次男に、王族としての役目を命じられることを嬉しく思っているというのもあるのかもしれない。

「博覧会についての概要は、三年前にゲイブリルとデジレが訪問したときとほぼ変わらないから、参考にするとよかろう」

国王がそう言ってパーシヴァルに向かって手招きし、紐綴《と》じの資料を渡した。それを受け取ったパーシヴァルはペラペラと捲《めく》ってから、眉根を寄せた。

「……陛下。この公務計画の期間はおよそ一ヶ月半となっていますが、開会式典や閉会式典などの間は空白ばかりではありませんか」

「ああ、まさに空白だ。公務の予定はない」

国王は笑い、サンドラにちらっと視線を寄越してきた。

「おまえたちが必ず出席するべき式典だけ、それに記している。それ以外のところはフリー……自由行動だ」

「自由行動？」

「あなたたちは、新婚でしょう？　夫婦水入らずで旅行を楽しんでらっしゃい」

王妃の言葉に、思わずサンドラはパーシヴァルと顔を見合わせてしまった。

（新婚……旅行？）

「殿下、公務の合間に旅行をするのはありなのですか？」

「なし……ではない。あまり羽目を外すのはよくないし行動も制限されるが、帝国の観光地を回るくらいはできるだろう」

「帝国側は、博覧会開催期間中の観光による経済効果を期待しています。ですからずっと客室にこもるよりもむしろ、あちこちを訪問してお金を落とす方が帝国も喜ぶのですよ。レディアノール王家の王子夫妻が来たとなると、集客効果もありますからね」

王妃も若干俗ではあるものの見解を述べ、王太子を見ていたずらっぽく笑った。

「ゲイブリルは最初こそ客室にこもる予定だったけれど、デジレにおねだりされて観光に出向いたのでしたっけ？」

「……私は公務のために帝国に行ったつもりだったが、どうしてもあちこちに行きたいとデジレが言った。当時の私たちも新婚でありながら、デジレには日々無理ばかり頼んでいたので……まあ、たまには言うことを聞いてやってもいいと思っただけだ」

さすが堅物王子と言われるだけありゲイブリルは真面目一筋だが、妃のおねだりには弱いようだ。王太子妃デジレはいつもむすっとしている王太子の隣で可憐に微笑む天使のように愛らしい女性だが、実は夫を手のひらで転がしているのかもしれない。

「ほう、堅物の兄上でさえ義姉上《あねうえ》のために奮起したのであれば、私も見習わなければならないな」

「パース、おまえは兄に対する敬意を持ち合わせていないのか」

「敬意は十分あるのですが、それはそれ、これはこれです。……サンドラは、どうだ？　ロドムニア帝国の観光、してみたいか？」

「はい、したいです！」

自分でも思った以上に大きな声が出たので返事をしてから恥ずかしくなってしまったが、国王や王妃はにこにこしながらこちらを見ていた。

「よい返事だ。……パーシヴァルも、たまには肩の力を抜いてゆっくりするとよかろう」

「ロドムニア帝国は強い日差しから肌を守るため、男女問わず厚着をします。パーシヴァルが着込んでいても不審に思われることはないでしょう」

「……それもそうですね」

パーシヴァルはうなずいてから、サンドラを見てふわりと微笑んだ。

「……ありがとう、サンドラ。私も、君と一緒に旅行を楽しみたい。とはいうものの、私はロドムニア帝国に行ったことがないから、名所を案内したりなどはできないのだが……」

「いいじゃないですか、二人で一緒に試行錯誤しながら旅をするのも。殿下と一緒なら、道に迷ってしまうのさえいい思い出になるはずです！」

パーシヴァルならきっと、道に迷ったりしても「やってしまったな」と快活に笑ってくれるはずだ。そして絶対にサンドラの手を離さず、一緒に帰り道を探してくれるだろう。

レディアノール王国の外だからこそ、見られる風景や体験できるものがあるはず。

それらを、パーシヴァルと一緒に堪能したい。

サンドラが笑顔で言ったからか、パーシヴァルは目を見開いてからすっと視線をそらし、自分の口元を手で覆《おお》ってしまった。

「……そう、だな。私も、サンドラが一緒なら……どこだって平気だ」

「あらまあ、あのパースが照れるなんて……」

「夫婦仲が良好のようで、何よりだ」

「……若干妃の尻に敷かれているようにも見えるが、大丈夫なのでしょうか」

王族三人が、温かい眼差しで見守ってくれていた。

二章　砂漠の国での新婚旅行

サンドラとパーシヴァルは、ロドムニア帝国で開かれる博覧会に出席――そして暇な時間には新婚旅行も――するために、準備を進めた。

第二王子夫妻の国外公務ということで、護衛やお付きもばっちり付く。王子夫妻の護衛隊長はロイドに任せることになり、最初はアーシュラにも同行してもらいサンドラの侍女役を頼もうかと思っていたが、「妻はまだ病み上がりなので」と言って聞かないロイドに押し切られたので、別の女性を採用することにした。

アーシュラ本人は置いていかれることにかなり不服のようだったが、夫が自分の体調を最優先してくれたことは嬉しいようで、「お土産話を待っています」とサンドラを笑顔で送り出してくれた。

レディアノール王国が春真っ盛りで色とりどりの花が野に咲き乱れる頃、サンドラたちは王都を出発した。

ロドムニア帝国に滞在するのは半月だが、王都から王国南端にある港町まで馬車で約三日、そこから出港し船上の旅を経て帝国領土に入る。そのため、往復期間も含めると一ヶ月半近く王国を離れることになる。

（港が、もうあんな遠くに……）

国民から見送られて第二王子夫妻を乗せた船が出航し、サンドラは船後方のデッキに立って遠ざかってゆく王国を見つめていた。

ンワァ、ワァ、と鳴く鳥が、船の横を飛んでいく。サンドラは最初、あれが噂に聞くカモメなのかと思ったが、パーシヴァル曰くウミネコらしい。博識なパーシヴァルだがそんな夫も実物を見るのは初めてらしく、「確かに少し猫っぽい鳴き声だな……」と感心していた。

サンドラも、船旅は初めてだった。そもそも、海の近くに来たことがない。

故郷にいる頃、伯父が作ってくれた木の小舟を湖に浮かべて従兄弟たちと一緒に船遊びをしたことはある。とても楽しかったので「このお船で海に行きたい」と言ったのだが、「レディアノールの海は荒れていることが多いから、この船では無理だ」とユリシーズが教えてくれた。

レディアノール王国の海は、絵画などでは灰色で描かれることが多い。人が泳げる海はほとんどなく、今サンドラが乗っている船のような立派なものでなければ悪天候の際にあっさり転覆してしまうそうだ。

「サンドラ、ここにいたのか」

デッキにいるサンドラに、パーシヴァルが声を掛けた。ロイドを連れて船室の方から歩いてきた夫を振り返り見て、サンドラは被っていた帽子のつばを手で押さえながらうなずいた。

「海を見ておりました。……天気のいい日は、海も青色に見えるのですね」

「少なくとも往路は天候に恵まれそうだから、よかったな。……そういえば、私の目の色はよく青空の色だと言われるが、国によっては碧眼のことを海のような色、と呼ぶそうだ。

「確かに、この海の色を見るとその喩《たと》えも納得できますね」

白いしぶきを上げながら岸壁に打ちつける荒れた海のことしか知らなかった過去なら、その喩えもよく分からなかっただろう。

サンドラは、隣に立った夫の横顔をじっと見た。

（確かに、海の色でもあるけれど……）

「私にとってはやっぱり、パース様の目は空のイメージです」

「城の学者が言うに、海にしても川にしても水は空の色を映しているから青や灰色に見えるそうだ。だから、私の目も空でも海でも同じだと思うが」

「空がいいんです。……あなたは、空と太陽の色を持っていらっしゃるから」

潮風を受けて、サンドラは微笑んだ。

太陽のようにまぶしい金髪と、空のような青色の目。晴れ渡った空のように澄んだおおらかな心を持つパーシヴァルだから、彼は空の色を持つ王子だとサンドラは思っている。

パーシヴァルはサンドラの言葉が意外だったようで目を丸くし、そして少し視線をそらした。

「……そういうふうに言われたことはないから、なんだか気恥ずかしいな」

「そうですか？　いいではないですか、空の王子様。私なんて地味な色なんですから」

「まさか。サンドラの髪は、レディアノール王国の大地の色だ。温かみがあり、紫色の目はまるで大地に凜《りん》と咲く一輪の花のように美しい。私が空の王子なら、サンドラは大地の姫君だな」

「も、もう！　何をおっしゃるのですかっ……」

今度はサンドラの方が恥ずかしくなってきたのでパーシヴァルの胸を軽く押すと、彼が低く笑う声が聞こえてきた。

なんだかその笑い声が妙に色っぽく思われ、平常では聞こえないはずの自分の心臓の音が、やけに耳に大きく響いてきて――

――オッホン！　というわざとらしい咳払いの音で、サンドラとパーシヴァルははっとして音のした方を見て、げんなりとした表情のロイドに気づいた。

「お二方。この船は王族専用といえど他にも乗組員がいることを、お忘れなきよう」

「ご、ごめんなさい……」

「ここは空気を読んで下がってくれればいいだろう」

「遠慮がちだった殿下がふてぶてしくなられたのはよいことですが、少しはサンドラ様のように慎みの心を忘れないでください」

ロイドは呆れたように言ってから、船室の方を手で示した。

「……船での旅は決して短くありません。お二人とも船旅は初めてですし、船酔いする可能性がございます。帝国領に到着するまで、体調にご留意ください」

「分かりました、気をつけます」

「酔いなど、心配無用だ。サンドラ、もし体調が悪くなったらいつでも私に言うように。サンドラのためなら、何でもするからな」

「……ご自由になさってください」

ロイドはそれだけ言い、船室の方に戻っていった。

ロイドから船酔いについて注意された二人だが、サンドラは子どもの頃から健康な体が自慢だっただけあり、船旅の間一度も体調を崩さなかった。

だがパーシヴァルの方は船旅三日目あたりから顔色が悪くなり、船室にこもるようになった。

「格好つけたのに、なんというざまだ……」と本人は打ちひしがれていたが、サンドラにせっせと看病をされると嬉しそうで、ロイドに呆れられていたのだった。

＊　＊　＊

船旅を終えた第二王子一行は、ロドムニア帝国領北西端にある港町に着いた。

同じ港町でもレディアノール王国側のそれとは建物の構造が全く異なっており、また町を出た先に広がる広漠《こうばく》とした大地に、サンドラは目を丸くした。

(砂と岩ばかり……。レディアノールでは、滅多に見られない光景だわ)

レディアノール王国領には、荒れ地と呼べるような土地はほとんどない。エドモンズ伯爵領も緑豊かというほどではないが、夏になると青葉が茂っていた。

帝国は空気も乾燥しているようで、口元にスカーフを巻き付けて移動する。最初の移動は普通の馬車だったが次第に地面が砂っぽくなって車輪では走行不可能ということになり、そりのような足のついた乗り物に乗り換えた。このあたりの砂漠は起伏が少ないので、このそり型の馬車で滑るように移動するのが一般的らしい。

そうしてそり型馬車で砂漠を滑るように移動し――ここでもパーシヴァルは若干体調が悪そうだった――レディアノール王国を出立して半月ほどの往路の末に、サンドラたちはロドムニア帝国帝都に到着した。

「街並みも何もかも、レディアノールとは全く違いますね」

窓ガラス越しに見える帝都の街並みに、サンドラはすっかり見入っていた。

煉瓦《れんが》造りの壁に三角屋根の家屋が主流で、二階建て以上の住居が一般的なレディアノール王国と違い、ロドムニア帝国の建物は平屋が多く、真四角に切り取った石をいくつも重ねたような形をしていた。建物と建物の間には布製の覆いが渡されており、それで日光や飛来する砂を防いでいるそうだ。

道行く人々も、色とりどりの衣装を身に纏っている。シャツとスラックスやスカートが別になっているのが基本の王国の服装と違い、こちらでは男女ともにワンピースのように上衣と下衣が合体したような形の服を着て、腰を帯で締めている。パーシヴァル曰く、あの帯の色やデザインには身分による決まりがあり、地位が高くなるほど文様が緻密になり、平民はシンプルなものを身につけることになっているそうだ。

帝都は地面が石畳で舗装されているので、馬車もそり型から再び車輪付きのものに乗り換えた。

住宅や店舗が所狭しと軒を並べる大通りを北上した先には、帝国が誇る宮殿が待ち構えている。絞り出した生クリームのような形の屋根が特徴的な宮殿の周りには各国からの賓客《ひんきゃく》が宿泊する離宮があり、ひとまずそこに向かうことになっている。

異文化を目の前にしてつい気分が高揚してしまったサンドラと違い、隣に座るパーシヴァルは落ち着いた様子で「そうだな」と同意した。

「私も文献では知っていたが、こうして異文化に触れるのは初めてだ。年甲斐もなく、わくわくしてしまっている」

「まあ……わくわくされているのですか？」

先ほど窓を開けたいと申し出たものの、砂が入ってしまうからと却下されて少し恥ずかしい思いをしたサンドラと違い、パーシヴァルは旅の間もずっと落ち着いているように思われたのだが。

サンドラに問われたパーシヴァルはこちらを見て、苦笑をこぼした。

「サンドラにばれていなかったのなら、言うべきではなかったかな。……私だって、これまでは図鑑で見るだけだったものに近づけたら嬉しいし、興奮する。今もこう見えて、あの屋台で売られている謎の肉を食べてみたくて仕方がないんだ」

「あ、あれですか……」

パーシヴァルが示すのは、よく日に焼けた上半身を惜しみなくさらした男性商人が売っている、串焼きのようなものだ。馬車が通り過ぎる際に一瞬見えただけだが、牛にも羊にも鶏にも見えがたい、やけにゴツゴツした肉のように思われた。サンドラはちょっと、遠慮したい見目だった。

「……先ほどのあれはおそらく、砂漠に棲《す》むという大型のトカゲの肉ですね」

「トカゲ肉……？　食用のトカゲもいるとは知っていたが、あれがそうだったのか」

馬車で向かい合って座るロイドの解説を聞いたパーシヴァルは、もう既に通り過ぎてしまった屋台を探すように身を乗り出している。そんな夫の横顔は、あどけない少年のようにきらきら輝いていた。

（……パース様が楽しそうだから、私も嬉しいわ）

自分が楽しい思いをするのはもちろんだが、いつもは王族として背筋を伸ばさなければならず、また家族以外の女性を近づけられず神経をとがらせ続けなければならないパーシヴァルの無邪気な姿は、サンドラの胸にも温かなものをもたらしてくれる。

「……式典の合間に、いろいろなところに行きましょうね」

サンドラが呼び掛けると、こちらを見たパーシヴァルは笑顔でうなずいた。

「そうだな。そのときには……サンドラも、あの肉を食べてみるか？　ロイドも食べてみたいだろう？」

「えっ……私はいいです」

「私も結構です」

わくわくした様子で提案されたのだが、サンドラとロイドは遠慮しておいた。

＊＊＊

ロドムニア帝国の博覧会には、近隣諸国から大勢の賓客が招かれている。

帝国は農産物などは輸入に頼らなければならないが鉄鉱山を持っており、鉱石加工技術も進んでいる。そういうことで多くの国と貿易などを行っているものの、同盟を結ぶなど特別懇意にしている国はない。

そのため、ロドムニア帝国とより強固な関係を結びたいと考える国は多いそうだが、皇帝は代々「我が国が一番」という考えなので、対等な関係を築こうとは思っていないそうだ。その中に、もちろんレディアノール王国も入っている。

広大な国土を有するロドムニア帝国は宮殿も低めの造りで面積が広く、なんと各国からの賓客一組ずつに一つの離宮が客室としてあてがわれていた。それでも離宮はまだ余っているらしく、鉄鋼業で栄える大帝国は何もかも規模が違うと思わされた。

レディアノール王国一行が案内されたのは、宮殿から馬車で十分程度のところにある離宮だった。これでも与えられた離宮の中では宮殿からかなり近い方らしく、皇帝も大国であるレディアノール王国のことをそれなりに尊重してくれているのだと分かる。

帝国は使用人を多数手配すると申し出てくれたが、丁重に断った。というのも、こちらには女性を近づけられないパーシヴァルがいるのだ。よって男性の衛兵だけ離宮の周りにつけてもらい、生活についてはレディアノール王国から連れてきた使用人で済ませることになった。パーシヴァルも、ほっとした様子だった。

「こちら、今回の博覧会に招かれた諸国からの使者の一覧です」

離宮のリビングに通されて休憩していたパーシヴァルは、ロイドから受け取った資料に目を通して小さくうなずいた。

「さすが、ロドムニア皇帝が自慢する博覧会だ。その気になれば、国家首脳会議でも開けそうなくらいそろっているな」

「悪い方面に考えますと、これだけ各国の王侯貴族が集まっているのですからよからぬことを企む者が出かねません。帝国が一つずつ離宮を与えているのは、ただ単に余っている離宮が多いから貸しているだけではないのでしょうね」

ロイドの冷静な言葉に、お茶を飲んでいたサンドラはどきっとした。

宮殿の門をくぐってここに通されるまでにも、様々な国の人々を見かけた。パーシヴァルと一緒に挨拶をしながら異文化に触れる高揚感に胸をときめかせていたのだが、これは国家間におけるれっきとした交流会であり、ロイドの言うような「よからぬこと」が起こる可能性も十分あるのだ。

(私、弛《たる》んでいたわ……)

自分は一般の観光客ではなくて王子妃なのだから、あらゆる事態を想定して動かなければならない。

一人気持ちを正すサンドラをよそに、パーシヴァルがロイドと話をしていた。

「……今回の博覧会で帝国に恭順を示そうとしている国も少なくないだろうな」

「のんびりしてもいいのは、うちくらいでしょう。食糧自給率も高くあらゆる文化水準や工業技術が整っているうちは、いざとなったら鎖国しても生きていけます。でも、そうでない国が圧倒的に多いですからね」

「……私もサンドラも諸侯からすると若造だから、必要以上に肩肘張るよりある程度気を抜いた方が周りの印象もいいかもしれない。サンドラは、どう思う？」

「えっ？　……ええと、気を抜いてもよろしいのですか？」

二人の会話を聞きつつも自分が意見を求められると思っていなかったサンドラが驚いて問うと、ロイドがうなずいた。

「一覧を見る限り、各国からの使者の中でお二方は圧倒的にお若いです。……サンドラ様、年寄りでは許されなくても若者にだけ許されるものは、何でしょうか？」

「え、ええと……。……失敗しても、笑って許してもらえること？」

いきなり授業が始まったので面食らいつつ答えると、ロイドは少し目を見開いてから微笑んだ。

「十分な回答です。……お二方は、諸国の代表者からすると弟妹や子ども、はたまた孫のような年齢です。そして国外での公務にも初挑戦というあなた方が武器にできるのは、愛嬌《あいきょう》です」

「愛嬌……」

サンドラのみならず、パーシヴァルもつぶやいた。

「はい。甘えが許される、甘えてかわいらしいと思われるのは、若いうちです。背伸びをして生意気と呼ばれるより、初々しさを前面に出して愛想よくいる方が、よほどいいです」

「なるほど……」

「すごいな、ロイド。おまえ、私とさほど年齢が変わらないのにやけに説得力がある。もしかして、人生二周目か？」

「……堅物と天然というどこかのご兄弟にお仕えしていると、こうもなりますよ」

パーシヴァルは心からの賛辞のつもりで言ったようだがロイドは頬を引きつらせて咳払いをして、パーシヴァルから一覧表を受け取った。

「とにかく。そういうことですので、難しいことは我々に任せてお二人は式典を楽しんでくださ い。こういうのは、楽しんだ者勝ちです」

「……分かりました。よろしくお願いします、ロイド様」

「頼んだ。……それに私たちは、新婚旅行計画もあるのだからな」

パーシヴァルが言ったので彼の顔を見上げると、優しく細められた青色の目と視線がぶつかった。

「サンドラと一緒に行きたいところを、たくさん考えているんだ。式典だけはきちんと行って……その後は、うんと楽しもう」

「……はい！　いろいろなところに連れていってください！」

パーシヴァルの手をぎゅっと握って言うと、彼は静かに微笑んで手を握り返してくれた。

……弛むのはよくないけれど、かといって緊張しすぎて空回りしたり、他の賓客たちからの不興を買ったりしてはならない。

（私らしく、パース様らしく、頑張りたいわ）

＊　＊　＊

博覧会は、半月にわたって行われる。

サンドラたちが必ず出席しなければならないのは、初日のオープニングセレモニーと最終日だけだ。帝国側も、華やかな博覧会開催期間中に小難しい会議などは開きたくないようで、訪問者たちは帝国を旅行してしっかり金を落としつつ、よいタイミングで皇帝自慢の博覧会に足を運べば十分という感じらしい。

初日のオープニングセレモニーは夕方、宮殿の宝物庫前で行われる。閉ざされた大扉の前に皆が集まり、皇帝の手で扉が開かれるのを見守るらしい。

皇帝はドレスコードとして、それぞれの出身国の礼装で来るようにと指定した。これは毎回の博覧会で同じで、ロドムニア帝国風の衣装ではなく装いもテーマも様々な衣装で集まった人々が、博覧会を彩る宝石の一つとなるという考えかららしい。

そういうことで、サンドラはレディアノール王国の伝統衣装であるドレスを纏った。三年前にデジレが着たものとデザインをそろえているらしく、胸元は普段自分では選ばないビスチェタイプ。濃い青色のサテン生地は肌触りがよく、ウエスト部分の大きな薔薇とリボンの飾りには朝露を模した宝石を縫い付けられているので、全身がきらきらと淡く輝いているように見える。

髪も複雑な形に結って化粧を施《ほどこ》し、ふんわりとしたドレスのスカートの裾を引いて衣装部屋から出てきたサンドラを、パーシヴァルは絶賛してくれた。

「素晴らしい……！　サンドラはいつも愛らしいと思っていたが、今日の君は湖の女神のように凛としていて麗《うるわ》しい！」

「ありがとうございます。パース様も、とても素敵です」

ロンググローブを嵌《は》めたサンドラの手を取ったパーシヴァルが興奮気味に言うので、そんな夫の腕に軽く触れたサンドラも賛辞の言葉を贈る。

普段の礼装は白や金、銀などの色合いであることが多いパーシヴァルだが、今回はせっかくだからとサンドラとよく似た深い青色の礼服を着ていた。

多くの人前に出るため、夏ではあるがパーシヴァルはかっちり厚着をしている。だがロドムニア帝国は季節を問わず夜になると冷え込むし日中は日差しが強くなるので、砂漠の国では年中厚着をしてもおかしくない環境であることが、パーシヴァルに味方していた。

（この国だったら、パース様はいつでも気軽に表を歩けるかもしれないわ）

仕事のために異国に来たのではあるが、この旅の中でパーシヴァルにとって心安らぐ時間ができるのなら、サンドラとしても嬉しいことだ。

サンドラはパーシヴァルたちと一緒に、離宮を出発した。表で待機していた馬車の前には、礼服姿のロイドがいた。

「では宮殿に参りましょう。……殿下、馬車の中まではその締まりのない顔でもいいですが、下車する際にはちゃんと引き締めてくださいね」

「何を言うか。私はいつでも真剣だ」

「どの口が言いますか。……ねえ、サンドラ様？」

ロイドに同意を求められたサンドラは、パーシヴァルを見た。最初は毒舌な部下を忌々《いまいま》しげに見ていたパーシヴァルだが、サンドラと視線が合うとふわりと笑った。

……どうやらこれが、ロイドの言う「締まりのない顔」らしい。サンドラと視線が合うのが嬉しくて笑顔になってくれるというのはサンドラとしても喜ばしいが、確かに目が合うたびに微笑まれたら仕事にならない。

（ここは、心を鬼にしないと……）

「んんっ……殿下。ロイド様の言うとおり、皆の前ではいつもの凜としたお姿を見せてくださいね」

柄ではないと思いつつもパーシヴァルを諭すために声を掛けると、彼ははっとした顔になってから、また口角を緩ませた。

「分かった。……だが、そうか。君から見るいつもの私は、そんなに凜としているのか……」

「逆効果ですよ、サンドラ様」

「……ごめんなさい」

天然気味な夫の手綱《たづな》をうまく握るのも、なかなか難しいものだ。

サンドラたちの乗る馬車が宮殿に到着したときには既に、石畳が敷かれた中庭は他の離宮から来た賓客たちでいっぱいだった。

昼は暑く夜は寒い帝国で過ごしやすいのは、明け方と夕方だ。淡い夕日の光が差す中、国際色豊かな衣装を纏った賓客たちを見ているとなるほど、これらを博覧会を彩る宝石の一つと喩える皇帝の美意識にも同意できた。

すれ違う人たちと挨拶をしながら、サンドラたちは宮殿に入りその奥の大広間に向かった。なお、散々サンドラやロイドに心配されたパーシヴァルだが馬車から降りた瞬間に彼は完全無欠の貴公子の顔になって、滑《なめ》らかにサンドラをエスコートしたし初対面の賓客たちにも朗らかに挨拶をしていた。

(人は多いけれど、これくらいならパース様の体質は大丈夫そうね)

たまに女性が近づきそうになったらそれとなくサンドラが立ち位置を変えてガードしつつ、一行は大広間に到着した。

レディアノール王国の建物はほとんどが直方体だが、帝国はドームのような半球形をした建造物が多い。この大広間もそうで、天井は驚くほど高い位置にあった。広間の奥には扉があり、あそこが博覧会の本体とも言える宝物庫らしい。

この国ではレディアノール王国のように、式の始まりに君主が挨拶したりはしないそうだ。挨拶は中年の大臣が行い、皇帝は奥の大きなソファにどっかりと座っていた。

サンドラたちの親世代と思われる彼は、髭をたくわえた大柄な褐色の男性だった。極彩色の布を額にぐるりと巻き付けて結び、その先端を顔の横から長く垂らしている。帝国男性の一般的な頭部装身具らしく、身分が高いほどあの布の先端を長く垂らすとのことだ。

挨拶が終わると、ソファから皇帝が立ち上がって宝物庫の前に向かった。そして、指輪が大量に嵌まった手で宝物庫の扉に触れ、ぎいっと押し開ける。普段の清掃などを除き大勢の者の前でこの宝物庫の扉が開かれるのは実に三年ぶりになるからか、賓客たちだけでなく周りにいる帝国の者たちも感動したような眼差しで、開かれていく扉を見ていた。

パーシヴァルとロイドの間に立っていたサンドラは、固唾《かたず》を呑んでその様を見守り――ちらっと見える青色の光に気づいた。

(よく見えないけれど、あれが妖精の石……？)

ロドムニア帝国の国宝である、妖精が眠ると言われる石。皇族からするとその他の金銀財宝なんて妖精の石を飾るバックダンサーに過ぎない、とさえ言われるという。

もっとよく見てみたいが、さすがに故郷の伯爵領で大道芸人のパフォーマンスを見たときのようにぴょんぴょんジャンプしたりすることはできない。

(後で見る機会があればいいわね)

宝物庫が完全に開かれて皇帝がソファに戻ると、賓客たちが一斉に皇帝のもとに列をなした。

まずは国主である皇帝に挨拶をして、それが終わった者から歓談や立食に移るのだ。

「パーシヴァル殿下、サンドラ様。こちらへ」

ロイドが案内してくれた先は、既に列をなしている賓客たちのど真ん中だ。まるで割り込みをするかのようだが、ロイドが「レディアノール王国の第二王子夫妻です」と言うと、さっと場所を空けてもらえた。こういう場所では挨拶の順番も決まっているので、割り込みの罪悪感を抱く必要はなかった。

サンドラたちの挨拶の番になり、二人は彫りの深い顔立ちの皇帝の前に立った。彼の周りにいるのは女性ばかりで、若い者は十代前半くらい、最年長だと老女と呼べるような年齢の者もいた。帝国ではこういう場で皇帝のそばに侍るのは女性の身内のみということだから、彼女らは皇帝の母や姉、妻や娘たちだろう。

一瞬、パーシヴァルのことが気になったが、皇帝たちとパーシヴァルの間ではかなりの距離がある。それにパーシヴァルはしっかり着込んでいるからか、帝国の女性たちが魅了に掛かった様子はない。

（それでも、私がきちんと目を光らせないといけないわ）

サンドラが気持ちを新たにしたところでパーシヴァルに促されたので、彼と一緒にその場に跪《ひざまず》いた。

「皇帝陛下にご挨拶申し上げます。レディアノール王国のパーシヴァルと、妃のサンドラでございます」

「お目にかかれて光栄でございます、皇帝陛下」

パーシヴァルとサンドラが挨拶をすると、持っていた杯を近侍に預けた皇帝は「おお、レディアノールの」と少し体を起こした。

「前回の博覧会で見かけた王子の、弟だったか。あれはなかなか面白い男だった。あやつは、元気にしておるか」

「はい、おかげさまで」

「それは何よりだ。……あやつも愛らしい娘を妃として連れておったが、弟の方も隅に置けぬな」

「ありがとうございます。自慢の妃です」

パーシヴァルが照れもせずに言うので、皇帝の前だと分かっていてもつい顔が熱くなり、にやけそうになってしまう。

（いけない、いけない！　真面目にしないと！）

だがそんな見栄も皇帝には筒抜けだったようで、彼は「赤くなって、愛《う》いのう」と小さく笑い、軽く手を振った。そのためサンドラはパーシヴァルとお辞儀をして下がり、次の挨拶客に場所を譲った。

（……ああ、緊張した！）

「大丈夫か、サンドラ」

パーシヴァルに小声で気遣われた。彼は前を向いたままなので、サンドラも夫の会話に気を取られて無様にずっこけたりしないよう、前を向いて足下に注意を払いながらうなずいた。

「ありがとうございます。なんとか無事にご挨拶を終えられました」

「立派だった。……私も、緊張した。ロドムニア帝国が砂漠気候の国で、助かった。高温多湿な南国だったなら、こうしてサンドラの腰を支える手があらゆる種類の汗でびっしょりで情けないことになっていたかもしれない」

「まあっ、殿下ったら」

サンドラがくすっと笑うと、ちょうど横をすれ違ったどこかの国の大使一行らしい年配の男女と視線がぶつかった。慌てて表情を引き締め――ようとしたが途中で思い直して微笑みながら会釈すると、「あちらは、レディアノール王国の？」「かわいらしいお妃様じゃないの」という話し声が聞こえた。

（ロイド様が言っていたの、本当だったわね……）

サンドラはほっとして、胸を張って足を進めた。


式典は無事に終了し、賓客たちはぽろぽろと大広間を後にしていった。

（妖精の石……近くで見ることは難しそうね）

広間の奥にある宝物庫の手前までは立ち入れたが、本格的に公開されるのは明日以降だ。それも近くで見られるのはその他諸々の宝物だけで、一番奥にある妖精の石は遠目に見られるだけらしい。

「サンドラ、私たちも帰ろうか」

パーシヴァルに尋ねられたので、サンドラはうなずいたのだが――

「失礼します、殿下」

賓客たちの間を縫って、ロイドがやってきた。式の間、パーシヴァルたちの護衛は別の者に任せて席を外していた彼は、やや険しい表情をしている。

「ロドムニア帝国の方から、殿下にお伝えしたいことがあるとのことです」

「私か？」

「はい、殿下だけお呼びのようです」

ロイドの言葉にパーシヴァルが少し警戒の色を見せたからか、彼は首を横に振った。

「詳しい内容は伺っていないのですが、悪いことにはならないかと。殿下だけこちらに残っていただき、サンドラ様は先に離宮の方にお連れすることになります。……拒否は、しない方がよいかと」

「分かった。要請に応じると伝えてくれ」

パーシヴァルはそう言ってから、サンドラの方に視線を向けた。

「そういうことなので、すまないがサンドラは先に帰っていてくれ」

「ですが、殿下……」

「殿下には、私がつきます。どうかご安心ください、サンドラ様」

ロイドが力強く言ってくれるが、それでも不安を完全に拭《ぬぐ》い去ることはできない。見慣れぬ異国の地でパーシヴァルだけ呼ばれるというだけでも不安だし、彼には体質のことがある。

(でも、帝国側からのお願いを断ることはできないし……)

今、妃としてサンドラがするのはただをこねることではない。

「分かりました。ではお戻りになったときに振る舞えるよう、お茶の準備をして待っておりますね」

サンドラがしとやかに笑って言うと、パーシヴァルはほっとした様子で「ありがとう、頼んだ」と言い、近くにいた護衛を呼んだ。そしてサンドラに小さく手を振り、ロイドを伴って会場の奥へと消えていった。

(……大丈夫、よね)

うん、と自分に言い聞かせるように小さくうなずき、サンドラは護衛に案内されて離宮に戻った。

(パース様は帝国のお茶はあまり口に合わないようだから、普段飲み慣れているものを淹れておくべきね)

独自の製法で作られた帝国のお茶は香りがきつめで、独特の甘みがある。サンドラはエキゾチックなこの味がわりとおいしいと思ったしメイドも同意見だったそうだが、パーシヴァルは若干苦手としているようだ。またロイドも試飲のときに少し表情が崩れそうになっていたしその他の護衛や使用人の男性陣も苦手そうだったので、レディアノール王国の男性にはウケが悪いようだった。

そういうことで離宮に戻って室内用ドレスに着替えたサンドラが三人分のお茶の準備をしてし

ばらく経った頃、メイドがパーシヴァルたちが戻ってきたと教えてくれた。

「ただいま、サンドラ。待たせてすまない」

「おかえりなさいませ、殿下。……何事もなかったですか？」

「君が危惧するようなことは、なかった。安心してくれ」

パーシヴァルが戻ってきたことでメイドたちは部屋を出ていき、ロイドを含めた三人だけになった部屋でパーシヴァルに言われて、サンドラはほっとした。

「それならよかったです。ちょうど、茶葉がいい感じに蒸れています。ロイド様も、護衛ありがとうございました。どうぞお座りになってくださいな」

「ありがたいな」

「ありがたくいただきます」

室内なので上着などを脱いだパーシヴァルとロイドを座らせてお茶を振る舞い、サンドラはパーシヴァルの隣に座った。

「私を呼んだのは、皇帝陛下だった」

パーシヴァルが切り出したので、そうだろうと思ってはいたもののやはり皇帝だったか、とサンドラは少し緊張を抱きながらうなずいて先を促す。

「皇帝陛下は、私が妖精の血による体質持ちであるとご存じだった。妖精信仰の盛んな国なので、レディアノール王家に妖精の血が流れていることも把握していらっしゃる。それに、別に隠すことでもないし……隠したことで後で面倒なことになってはならないからな」

「二十二年前に殿下が誕生なさり、しばらくして妖精の血の体質が判明しました。国王陛下はその後で開かれた博覧会の際に、殿下の体質のことを皇帝陛下に伝えていたそうです。だから皇帝陛下は、かねてより噂に聞くのみだった殿下にお会いできるのを楽しみにしてらっしゃったそうです」

パーシヴァルとロイドの話を聞き、サンドラは少し意外な気がした。

（ご挨拶のときは、そこまで殿下に興味を持たれているようには思わなかったけれど……内心では喜んでいらっしゃったのかしら）

「それで、陛下は殿下をお呼びに？」

「ああ。ロドムニア帝国の皇族は、妖精研究もしているからな。あれこれ質問されたがそれだけで、むしろ陛下からは『まことに難儀な体質であるな』と慰められた」

パーシヴァルが苦笑しながら言ったが、その表情からして彼が皇帝に質問攻めされたことに気を悪くしているわけではなさそうだと分かった。皇帝も、パーシヴァルの個人的な事情に踏み込みたいわけではなくて、妖精の研究者兼崇拝者として、目の前にいる研究対象を逃したくないというだけだったのだろう。

「大事にならなかったのなら、よかったです」

「ああ。それからついでに、一般客よりも近い場所で妖精の石を見させてもらった」

「まあ、そうなのですね！　どうでしたか？」

もう少し近くで見てみたい、と思っていたのでサンドラがわくわくしながら聞くと、パーシヴァルは微笑んだ。

「……私よりよほど、サンドラに見せてやりたかったな。見る限り、ただの青っぽい色の石だった。大きさはこれくらいで、中に妖精がいるらしいがそれらしきものは見えなかったな」

これくらい、と言いながらパーシヴァルは両手を広げた。ロイドが「殿下って、光り物に興味ないですよね」とぼやきつつお茶を飲んでいる。

(石の中に、妖精が眠っている。……そんなことが、本当にあるのかしら)

妖精は、とうの昔に絶滅したと言われている。もし石の中に本当に妖精が眠っていて、しかもその妖精がロドムニア帝国の創始に関わっていたというのなら帝国が国宝としてあがめ奉る気持ちもよく分かるが、サンドラとしては半信半疑だ。

(宝物庫は明日以降一般公開もされるし私たちも一度は行くべきだから、そのときにできるだけ近くで見てみたいわね)

パーシヴァルのカップにおかわりのお茶を注ぎながら、サンドラはそう考えた。


——その日の、夜。

夜間なのできっちりと扉が閉められた、宮殿の宝物庫にて。

漆黒の闇の中、金銀財宝の奥に安置された国宝の石が、きらり、と輝いた。

まるで、石の中で何かが拍動しているかのように。

＊＊＊

ロドムニア帝国の三年に一度の博覧会が始まり、サンドラたちはオープニングイベントの翌日、早速宝物庫に向かった。

初日ということもあり案の定人は多く、入り口は身体検査のために長蛇の列をなしていた。サンドラたち賓客は一般人とは別の入り口で比較的早く検査を通過できたが、それでも大広間前に来てから宝物庫に入れるようになるまで、一時間近く掛かった。

「これは……なかなか立派だな」

「ですね。……あっ、あれが妖精の石ですね」

客たちが被る大きな帽子や羽根飾りで見え隠れしているのは、部屋の奥に据えられた青い石。オープニングセレモニーのときよりは近くで見られるものの、それでも距離はあるし周りにびっしりと警備兵がいるし客も集まっているしで、ゆっくり見ることはできない。

（あれを間近で見られたパース様が、うらやましいわ……）

皇帝はパーシヴァルが妖精の血持ちだから特別に近くで見せてくれたのだろうが、おまけでもいいからサンドラもご一緒したかった、と本日ここにはいないロイドにちょっぴり嫉妬してしまう。

石は、昨日パーシヴァルも言っていたように成人男性なら両腕で抱えられそうな大きさだった。

色合いはサファイアに近いが思ったほど透明感はなく、シャンデリアの明かりを受けながらもあまり輝いていない。他の宝石とは違う異質な雰囲気にサンドラはなんとなくぞくっとしたが、周りにいる客たちは「なんて素晴らしい」「さすが、帝国の国宝だ」と褒め称えているので、美的感覚の問題なのかもしれない。

むしろサンドラとしては謎めいた石よりも他の宝物の方が美しく感じられ、それらをじっくり鑑賞してから宝物庫を出た。一般客の方はまだ長蛇の列で、「もう二時間経ったわ……」という声も聞こえてきた。

オープニングセレモニーと、宝物庫の見学は終わった。これ以降、サンドラたちが必ず出席するべきなのは閉会式だけなので、後は自由行動――という名の新婚旅行だった。

「行きたい場所はいろいろあったのだが、帝国は領土が広大で移動にも時間が掛かる。よって、このフロキアという町に絞ってみた。海辺の町で、風の都合か砂はあまり吹いてこない。治安もいいそうだから、旅行先にはぴったりだと思う」

そう言って、パーシヴァルは紐綴じの冊子を見せてくれた。外国からの旅行客――それも、富裕層――向けの観光ガイドブックのようで、パーシヴァルの開いたページには「砂と海の町・フロキア」と書かれていた。

諸国において、印刷技術が最も進んでいるのはレディアノール王国だ。ロドムニア帝国にもその技術が伝わっているようで、レディアノール王国で見るものほどではないがフロキアの街並みはくっきり印刷されている。白黒で印刷された海辺の町の絵を見ていると、これに色が載ったらどんな風景になるのだろうか、と想像力をかき立てられた。

「素敵ですね。お店もたくさんあるのでしょうか？」

「フロキアは、布織物や焼き物が有名らしいですよ。また、自然素材を生かした化粧品やお香、石けんなどが女性に人気とのことです」

「トカゲ肉もあるらしいから、是非とも食べてみたいな」

「……ちなみに、私的な旅行といえど王族お二人の外出ですので、当然護衛もつけます。最少人数の場合でも私は必ずそばにおりますので、その点はご了承ください」

ロイドが言うので、それもそうだとサンドラは納得する。

（一般人の観光とは、訳が違うものね）

それに、レディアノール王国の王子がこの店に来た、というのは現地の人々にも大きな影響を及ぼす。慎ましく営業していた小さな店に王族がふらりと訪問したことが評判になり、商売繁盛する——がのちに他のライバル店に目をつけられて潰されてしまった、というケースもあるという。

正直、息苦しいとは思う。だがこういうことも、パーシヴァルと契約結婚すると決めたときにサンドラが受け入れたのだ。

「もちろんです。でもロイド様も、お買い物などはしてくださいね。アーシュラ様やウィレミナ様もきっと、お土産を心待ちにしてらっしゃいますよ」

「そうだな。護衛には感謝もするが、他にも人手はあるのだからおまえ一人が気負う必要はないからな」

「お気遣いに感謝します。お言葉に甘えて、そのようにさせていただきます」

堅物ということで有名なロイドだが、妻と娘には弱い。きっと、彼もこの旅行の中で息抜きをしてくれるだろう。

……そうしてパーシヴァルと一緒に観光ガイドブックを見ていたサンドラは、ロイドが自分たちの方を意味ありげな眼差しで見てきたことに、気づかなかった。

＊＊＊

宝物庫の見学をした翌日の朝、サンドラたちは帝都を離れ、フロキアの町に向けて南へと出発した。

帝都とフロキアの間の大半は砂漠で、例のそり型の馬車に乗って移動した。砂に描かれた風紋を眺める旅が終わると馬車の車輪が変わり、粒が大きめの砂地をざくざくと進んでいく。

徒歩で歩くのは苦労しそうな土地では家屋の姿はほとんど見えなかったが、足下の砂が大きくなっていくにつれて民家や宿の姿が見え、うっすらとではあるが草が生えるようになり、やがて海辺に広がる町に到着した。

「ここがフロキアだな。もうすぐ下車するが、準備はいいか?」

「はい。……この格好で皆の前に出るの、ちょっと緊張しますね」

そう言うサンドラは、着慣れない衣装を身につけていた。

宮殿では皇帝の方針もあってレディアノール王国風のドレスで過ごしていたが、今回は帝国風の服を着ることにしていた。

絶対に着替えなければならないわけではないが、レディアノール王国よりも日光が強くて昼夜の温度差が激しいロドムニア帝国の町で過ごすのだから伝統衣装を着た方が快適だ。それにサンドラたちはレディアノール王族であるという看板を背負って観光するのだから、郷に入っては郷に従った方が地元の住民からのウケがいいそうだ。

そういうことで、今のサンドラは鮮やかな布地で織られた丈の長いガウンのようなドレスを着ていた。極彩色の糸で作られたガウンは前開きでウエスト部分が絞られ、ゆったりとしたスカートラインを描いている。砂漠の強い日差しから肌を守りつつしっかり風が通るような仕組みになっているそうだ。外に出るときには、ベールの付いた冠のような形の布製の帽子を被ることになっている。

パーシヴァルもまた、男性用民族衣装を着ていた。ざっくりとしたデザインはサンドラが着る女性用のものとほぼ同じで、丈が短めのガウンの下にスラックスを穿《は》いている。そのスラックスもレディアノールのものよりもだぼっとしており、足首のところで絞られたデザインになっていた。

サンドラは胸元や指先が見えるデザインだが、男性用のものに手袋を加えると喉から足先までを完全防備することができる。これは砂漠の気候に合っているだけでなくパーシヴァルの体質との相性もよく、「これなら問題なく表を歩けそうだ」と機嫌がよさそうなのでサンドラも嬉しかった。

パーシヴァルはサンドラの姿を上から下までじっくり見てから、なぜか自慢げに胸を張った。

「いつもと違う装いをするサンドラも、美しい。レディアノール王国の第二王子妃として恥がないどころか、これが私の妃だとあちこち連れ回したくなるほどだ」

「ま、まあっ、パース様ったら……」

パーシヴァルは元々さっぱりとした性格なのもあり、「妻が美しすぎるから誰にも見せたくない。そうだ監禁しよう」という発想にはならないのがサンドラにとってもありがたいことだった。

馬車を降りると、まぶしい日差しが降り注いできた。サンドラが自分の目を守るように手で庇《ひさし》を作ると、使用人がさっと傘を広げてくれた。

「まぶしいですね。レディアノールの日光とは全然違います」

「そうだな。……ああ、帝国民たちが迎えに来てくれているようだ」

パーシヴァルがそう言うので、使用人が作ってくれた日陰の下でサンドラは視線をあたりに向けた。

フロキアの町は、様々な色で埋め尽くされていた。帝都は真四角のブロックをいくつも並べたような街並みで建物の色も白や灰色が多かったが、フロキアの町は壁から屋根まで色とりどりだ。ここも高層の建物はないが、ところどころ生クリームを絞ったような不思議な形の屋根が見える。

確か、あれはロドムニア帝国の宗教関連の建物を表すはずだ。

パーシヴァルの言うように、馬車から降りたサンドラたちの周りには帝国の地元民たちが集まっていた。博覧会に出席するためにやってきたレディアノール王国の王族が観光に来ることはしっかり通達されており、警備のために張られた縄の向こうで人々がわいわいと喝采を上げている。

その中には、「格好いい王子様だ！」「きれいなお妃様！」という声も聞こえてくるので面はゆい気持ちになるが、隣のパーシヴァルが鷹揚《おうよう》な仕草で手を振り始めたので、サンドラも民たちに向けて手を振った。

新婚旅行ではあるが、第二王子夫妻のお出ましということだからこれも立派な外交で――サンドラたちの一挙一動を、多くの帝国民が見ている。旅行だからといって、子どもの頃に伯父や従兄弟たちと一緒に出掛けたときと同じような気持ちでいるわけにはいかない。

馬車を降りたサンドラたちだが、既に次の乗り物が待機していた。道中は馬四頭で牽《ひ》く立派な箱馬車だったが、ここからは周りの風景も見やすい天蓋付きの儀装馬車で移動する。御者が御者台に座っていた先ほどの馬車とは違い、こちらではそれぞれの馬に御者が乗っていた。

馬車にはサンドラとパーシヴァルが乗り、パーシヴァル側の横に騎乗したロイドが付いた。ロイドもまた、帝国の軍人用の衣装を着ており頭には布を巻いたような形の帽子を被っていた。

「ではまずは、昼食としようか」

そう言うパーシヴァルは、わくわくとした様子で観光ガイドを開いた。サンドラもこの旅行を楽しみにしていたがパーシヴァルはそれ以上で、昨夜の宿でも遅くまでガイドブックを読み込みあちこちに付箋《ふせん》を挟んでいて、「早く寝ないと明日に響きますよ！」とサンドラが叱る羽目になってしまった。

昼食の店は既にロイドが予約していたようで、青いタイル床と白い石壁のコントラストが美しい小洒落た店に通された。どうやら店の一階がキッチンと一般客用席で、二階が要予約の貸し切りになっているらしい。

外国の王子夫妻一行のお越しということで、立派な口ひげを蓄えた支配人まで出てきて恭《うやうや》しい態度でパーシヴァルと握手をした。席に着くとすぐにコース料理が運ばれる。

最初に持ってこられたのは、サラダプレート。既にドレッシングがひたひたに掛かっており、オリーブとレモン、そしてほのかに口の中に残るハーブの香りが爽やかだった。見た目ほど油っぽくなく、サンドラが若干苦手としている生タマネギもドレッシングのおかげかぺろりと食べることができた。

続いて出てきたのは、豆のスープ。ここらでは平豆と呼ばれる黄色い豆やひよこ豆、そら豆などを煮て裏ごししたスープは帝国の家庭の味らしく、優しい味わいだった。

挽き肉とマッシュポテトをパイ生地で包んだものや、色とりどりのピーマンに味付けをした米と肉を詰めたものが前菜として出され、いよいよメインがやってくる。

「こちら、本日のメインでございます」

ウエイターが大皿に載せて持ってきたのは、串に刺さった肉だった。

（串……というより、むしろ細長いナイフだわ）

こんがりと焼けた肉は牛肉にしては色が濃くて、豚肉にしては見た目がゴツゴツしている。もしや、とサンドラが横を見ると案の定、パーシヴァルが肉を見て目を輝かせていた。

「君、これは何の肉かな？」

弾んだ声でパーシヴァルが問うと、肉を串から外していたウエイターはにこやかに「羊肉でございます」と言った。

「ロドムニアでは、牛よりも羊の方がよく飼育されております。王子殿下夫妻のために、最高級の羊肉をご用意いたしました」

「……そうか。それはありがたい」

パーシヴァルは丁寧に応じたので、彼の声のトーンがほんのわずか下がったことに気づいたのはサンドラと、傍《かたわ》らにいたロイドくらいだろう。

（そんなにトカゲ肉が食べたかったのね……）

サンドラとしては食指が動かないので、羊肉で結構だ。

とはいえこれまで牛や豚、鶏は食べたことがあっても羊肉を食べるのは初めてだ。レディアノール王国にも羊はいるが、あれらは食用ではなくて採毛用だ。肉も食べられないわけではないが、筋張っていておいしくないと、王城使用人時代からの友人のティナは言っていた。

ウエイターが串から外してくれた肉はそのままほおばるには大きすぎたので、さらにナイフでカットしてもらった。皿に並べられた肉にはソースを掛けるが、辛いのが好きか苦手かで味を選べるそうだ。

「では私は、辛くないものでお願いします」

「私のは、うんと辛くしてくれ」

涼しげな顔で言うパーシヴァルは、かなりの辛いもの好きらしい。

彼が騎士団にいた頃、食堂で作られる料理でトウガラシの量を間違ってしまったものがあり、見るもおぞましいほど真っ赤なスープができあがったことがあったそうだ。いやこれも案外うまいのでは、と勇気ある騎士たちが続々と激辛スープに挑戦しては苦悶の声を上げてトイレに走っていく中、パーシヴァルだけは一人平然とスープを飲んでいた、という伝説があると教えてくれたのはロイドだ。

二人の注文を受けて、料理人はサンドラの皿には淡い色のソースを掛けてくれた。見た目はオーロラソースによく似ているが、ぴりっとした香辛料の香りが漂っている。ソースの中では一番甘口らしいが、レディアノール王国とロドムニア帝国では辛さの基準が違う。どれくらいの味なのか、食べてみないと分からない。

一方パーシヴァルの皿には、真っ赤なソースが掛けられた。匂いこそそこまでではないがその色味はいっそ毒々しいほどで、サンドラだけでなく傍らにいるロイドも戦々恐々とした表情で赤いマグマを見つめていた。

「では、いただこうか」

パーシヴァルはすっかりノリノリで、赤いソースの掛かった肉にフォークを入れた。サンドラも、オレンジがかったピンク色のソースが滴る肉を口元に運び――

（……！　味は濃いのに、ちっとも辛くないわ！）

やや固めに焼かれた羊肉はしっかりと味付けがされているようで、噛むごとに香辛料の香りが口内で弾ける。だがそこにいわゆる「辛さ」はなく、かといって肉料理に不似合いな「甘さ」もない。

レディアノール王国にも味が濃い料理はあるが、そのときによく使われるニンニクなどと違って吐息の匂いも気にならない。香ばしくてかつしつこすぎないエキゾチックな味に、サンドラは思わず目を丸くしてしまった。

それはパーシヴァルも同じだったようで、「これはうまいな」と真っ赤な肉を絶賛している。

「肉質は固めだが、筋張っているわけではない。付け合わせのキャベツとの相性もよくて……実に美味だ」

「ありがとうございます、パーシヴァル殿下。……お水はいかがですか？」

「大丈夫だ、ありがとう」

料理人はパーシヴァルの感想に喜びつつも、水差しを持つ手がそわそわしている。どうやら地元の人間である彼でさえ心配になるほどパーシヴァルのソースは激辛のようだが、当の本人は「辛いが、うまい」と涼しい顔で肉をどんどん平らげていた。

昼食を終えて、一行はフロキアの町の散策を始めた。

パーシヴァルは観光ガイドを読み込んでいたが、訪問する場所は既に決まっており予約も済ませている。特に有名な観光地だと人が多いので、王子夫妻を人いきれでむっとする中に放り込むわけにはいかないからだ、とロイドが言っていた。

帝国は粘土が大量に採れ、また乾燥した気候もあって焼き物が多く作られている。サンドラたちは陶器製造所を訪問し、そこで工芸品が作成、焼き上げ、着色されていくところを見学した。

「だから、町のあちこちで陶器が売られているのですね」

「小さな工房は、随所にあるようだな」

陶器製造所の付近には市場があり、そこでも様々な陶器が売られていた。大きなものでは家庭用バスタブまであり、それを見たパーシヴァルは「私でも足を伸ばして入れそうだ」と言っていた。

(さすがにバスタブは持って帰れないけれど、小さなものならお土産になるかしら?)

陶器は、日常生活で使いやすい。離宮にあるサンドラの私室に置いておけそうなものがあれば是非買って帰りたい。

そういうことでサンドラは製造所に併設されている土産物屋で、掘り出し物を探すことにした。こういう買い物は伯爵領にいた頃は当たり前だったので懐かしい気持ちになるが、王子であるパーシヴァルや侯爵令息のロイドは馴染みがないようで、どこかそわそわしているのが少しかわいらしかった。

「あら、これなんていかがでしょうか」

お利口に並べられた陶器を順に見ていたサンドラは、棚の隅にこっそりと隠れるように置かれていた壺を手に取った。科学者が実験の際に使うフラスコのような形をしており、白い本体に青色の模様が入っている。すぼまった口の部分にはコルクの栓が付いており、商品説明プレートを見るに一応観賞用だが、食品保存にも向いているそうだ。

（模様がかわいいし、大きさも手頃。それにとても軽いわ）

サンドラが壺をパーシヴァルに渡すと、彼はそれをひっくり返したりしてしげしげと観察した。

「なかなか上質な焼き物だ。薄いわりに丈夫で、磁器ほどではないが表面が滑らかで光沢がある。とても丁寧な造りの、いい品だな」

サンドラはそこまで注意深く観察していなかったので、陶器を鑑賞するパーシヴァルの姿につい見入ってしまった。本人は読書などより体を動かすことの方が好きらしいが、こういうふとした瞬間に知性のかけらをきらめかせる夫の横顔は、文句なしに格好いい。

「サンドラ、これを買うのか？」

「はい、自分へのお土産にしたくて」

「いいな。……ロイド」

「はい」

パーシヴァルが言うとロイドが進み出て、黙って近くに控えていた店主が笑顔で揉み手をした。

船旅を経てレディアノール王国に持って帰るので、割れないようにしっかりと梱包してもらいたいところだ。

「殿下は何か買われますか？」

「そうだな……実は私は芸術品を見るのはわりと好きなのだが、あまり所持はしなくて。特にこういう繊細な焼き物の場合、力加減を誤って割ってしまいそうで」

「まあ……」

サンドラは目を瞬かせたが、パーシヴァルは苦く笑っている。その表情からして、過去に実際に芸術品などを壊してしまった経験があるのかもしれない。

「だから私は、他のものを見繕《みつくろ》うことにするよ。フロキアは、織物製品なども有名だからな」

「そうですね。私も、ティナたちに何か買おうと思っているのです」

ロドムニアに行くことをティナにも教えたところ、「もしよかったら、でいいから、異国情緒溢れるものをお土産にほしいなぁ」と言われたのだ。

去年、ビヴァリーが起こした事件でティナが容疑者になった。犯人が自首したことでティナの無実は証明されてすぐに釈放され、仕事にも復帰した。元々ちゃっかり者なティナが友人とはいえ王子妃に対してもちゃっかりお土産を要求するという「普段どおり」の姿を見られて、サンドラも嬉しかった。

そういうことで、サンドラは陶器製造所の次に訪問したバザールで、ティナたちへのお土産を探すことにした。フロキアは織物が有名で、地元の女性たちが編んで作った華やかな色合いの小物やマットなどが店先に並べられていた。

サンドラは小さめのマットの他、練り香水や紅茶の茶葉を購入し、パーシヴァルも兄夫婦のために何か贈りたいと思っていたようで、色とりどりのガラスを組み合わせて作ったモザイクラン

プを購入した。

そのランプは小さめではあるがサンドラからすると目玉が飛び出るような値段の代物だったものの、ロイドは「殿下はもっと贅沢にお金を使うべきです」と言っていたし、それに対してパーシヴァルも「これくらいの値段のものの方が、兄上も素直に受け取ってくれるだろう」と答えていた。

さすが王子や侯爵令息は、未だに庶民として育った感覚が根っこに残っているサンドラとは、違うようだ。


バザールを出た後は、フロキアの町周辺にある観光地を訪問した。

見事な壁画が美しい遺跡や、洞窟を掘って造られた教会などは、レディアノール王国ではまず見られない。砂漠のど真ん中に存在する大岩は、背中を丸めた人間のように見えるためそのまま、「うずくまる男」と名付けられているそうだ。

（レディアノールはほぼ平地で、こんな大きな岩は存在しないわ……）

日差し除けのベールを少しまくり上げながら、サンドラは巨大な岩に見入っていた。

緑と水が豊富で、自然豊かなレディアノール王国。そこで二十年以上暮らしてきたサンドラにとって、砂と岩に囲まれたこの国はまさに異世界だ。

だがサンドラにとっての異世界にも、人々が息づいている。この地域は誰かにとっての故郷であり、誰かにとっての日常である。サンドラたちにとって珍しい洞窟教会は、毎日誰かが礼拝のために訪れる場所であり、サンドラたちがお土産を買いに足を運んだバザールは、誰かが毎日買い物のために訪れる場所なのだ。

そういうことを考えるだけでもなんだか楽しくなってくるし、この見知らぬ土地にも親近感のようなものが湧いてくる。

（旅行ができて、本当によかった）

赤みがかった色の砂漠の彼方に沈みゆく夕日を眺めながら、サンドラはそう思った。

＊　＊　＊

サンドラたちの旅は、ただの新婚旅行ではない。自分たちの訪問先や観光地での挙動を多くの人たちが見ており、レディアノール王国の評価につながる。

それが当然であると、サンドラは分かっていた。

「フロキア滞在も、あと一日ですね」

ホテルの自室で過ごす午後のおやつの時間にロイドが言ったので、サンドラはうなずいた。

フロキアの町で食べられる菓子は、どれも甘い。そのため、おやつのお供の飲み物はジュースや紅茶ではなくて、苦いコーヒーがぴったりだった。

初日のティータイムのときに提供されたものは一見、レディアノール王国でもよく食べられるパイ菓子だと思った。だがフォークを刺した瞬間にじゅわりと蜜が溢れたため、サンドラもパーシヴァルも驚いた。パイ生地の間に挟まれたクルミのざくざくとした感触と、とろりとこぼれる糖蜜の甘さにびっくりしたことが思い出される。

　今サンドラたちが食べているのは、ころんとした立方体のゼリー菓子だ。いろいろな味付けがされているようで、地元の人は薔薇の味のものも好んで食べるそうだが旅行者には匂いがきつすぎるそうで、サンドラは甘酸っぱいレモン味、甘いのがそれほど好きではないパーシヴァルはクルミ入りでココナッツが掛けられた甘さ控えめのものを食べていた。

「いろいろな体験ができて、本当に楽しかったです」

「そうだな。トカゲの肉も食べられたし、私も満足だ」

　そう言うパーシヴァルは昨日の夜、ついに念願だったトカゲ肉を食べることができた。

　サンドラやパーシヴァルの食の好みはロイドを通じて料理人たちに伝えていたため、サンドラの皿に載っていたのは普通の鶏肉だった。最初、それぞれの肉の種類が違う理由が分からなくてパーシヴァルと顔を見合わせたのだが、料理人が「王子殿下の方は、トカゲ肉にいたしました」と言うと、パーシヴァルはまるで少年のように目を輝かせていた。

　トカゲ肉は牛や豚、鶏よりもかなり肉質が硬いそうだが、パーシヴァルは大喜びで食べていた。なお、ロイドはトカゲ肉に全く興味がないようだが毒味の意味もあり、渋々食べていた。後でこっそり教えてくれた彼の感想は、「思っていたよりは食べられますが、牛肉の方がいいです」とのことだった。

　そんなロイドも、サンドラたちのお付きをしながらもちゃんと妻子への土産を買ってくれたようだ。いくら仕事とはいえロイドに全くの自由時間がないのは心苦しいと思っていたので、昨日バザールを歩いているときにロイドが「……こういうの、妻は喜ぶでしょうか」と、瓶に入ったハンドクリームを見せてくれたとき、サンドラは力強く賛成した。

「本日の夕食のときには、ホテルに楽団が呼ばれることになっております。そちらの演奏を聴きながらお食事をしていただき、その後で楽団長との歓談の時間を取っていただきます」

「分かった。夕食までの予定は？」

「……」

パーシヴァルが聞くと、なぜかロイドは読み上げていた手帳を閉じ、懐に入れてしまった。王子夫妻のスケジュール管理係であり、その日の予定を即答できるロイドにしては、少し意外な動作だ。

「……ティータイムの後、ホテルに画商がいらっしゃいます。そちらのお相手をしていただくことになります」

「画商？　そんな者を呼んだ覚えはないが……」

「帝国でも高名な画商ですからね。我々としても無下にできない方の相手をしていただく、ということにしております」

（……ということにしている？）

意味深に言ったロイドは小さく笑い、懐に入れた手帳をとんとんと指先で叩いた。

「以上のことは、本日の王子夫妻の予定として外部の者も知っております。……ですが、その画商は本日フロキアに来たばかりで、こちらのホテルには休憩のために立ち寄るだけです。お二人と商談する必要はありません」

「……つまり？」

「画商との商談は、一時間を予定しております。……その間、お二人がこっそり町に出られても誰も気づきません」

ロイドの言葉に、サンドラははっとした。

サンドラたちは、どこに行っても注目されてきた。護衛も山ほど連れており、道行く人々も王子夫妻のお越しを既に知っているので、大歓迎してくれる。

それは決して悪いことではない。だが、せっかくの新婚旅行だというのに常に人の目にさらされることになってしまっている。

だからこれはきっと、ロイドの気遣いだろう。ホテルの支配人や画商など、ごく一部の者だけに事情を説明して、王子夫妻が自由行動できる時間を捻出《ねんしゅつ》してくれたのだ。

「残念ながら、私は密かに同行させていただきます。ですが、他の者たちはホテルに置いていきますので、お二人の追っかけをしようとする者たちを撒《ま》くことができます。あまり長い時間ではないのが、申し訳ないのですが……」

「そんなことありません！　ありがとうございます、ロイド様」

サンドラが礼を言うと、パーシヴァルも微笑んでうなずいた。

「まさか、堅物のおまえがこんなサプライズを計画してくれていたとは。感謝する、ロイド」

「皆も、喜んで手を貸してくださいました。王子夫妻にフロキアの町をもっと好きになってもらえるのなら工作の片棒を担ぐのもやぶさかではない、と」

ロイドも微笑み、窓辺のテーブルの方を示した。

「……ということですので、一時間後にはホテルの裏口から出る手筈が整います。それまでの間にご仕度と……どこに行くかを決めてください。殿下、観光ガイドブックをお持ちでしょう？」

「あ、ああ！」

パーシヴァルはすぐにガイドブックを取りに行き、急いでそれを捲った。横からのぞき込んでみたサンドラは、ガイドブックのあちこちに付箋が挟み込まれており……だがそれらのほとんどに、大きなバツ印が書かれていることに気づいた。

「ああ、どうしよう。サンドラと一緒に行きたいところをたくさん探しておいたのに、いざ自由時間が持てるとなると、どうすればいいか分からなくなる……！　サンドラ、君はどこに行きたい？」

パーシヴァルは嬉しそうではある反面、焦ってもいるようだ。これはもはやデートも同然なので、今こそ夫としてサンドラをリードできる貴重な機会である。完璧なデートにしなければ、と彼の青色の目が雄弁に語っている。

とはいえ時間制限があるし、お忍びになるのだから馬車などは使えない。歩きだけになるから、このホテル周辺で用事を見つけるしかないだろう。

（……でも）

「……私は、どこでもいいですよ」

「だが無計画だと、ただ歩き回るだけの時間になってしまいそうだ」

「私、パース様と一緒に行けるならどこでもいいです。……歩くだけでも、いいんです」

そっと、サンドラはパーシヴァルの手の甲に自分の手を乗せた。

昔、サンドラが小さい頃に両親がデートに行ったことがある。サンドラは従兄弟たちのところに預けられていてその間にデートをしたそうで、サンドラは帰ってきた両親に「どこに行ったの」「何をしてたの」と問い詰めた。

きっと、とっても素敵な場所に行っていつもよりもっと豪華なご飯を食べたのだろう。そう思っていたのだが、母は「公園を散歩しただけ」と言った。

せっかくのデートなのに公園を散歩するだけなんて味気ない、父の意気地なし、甲斐性なし、とサンドラはいたく不満だったのだが……母の表情を見て、そんな考えも吹っ飛んだ。

母は、とても幸せそうだった。

豪華なランチを食べたわけでもないのに、きらきらのドレスを着たわけでもないのに、母は嬉しそうだった。よく見ると、母の髪には朝にはなかったはずの小さな花が飾られていた。

なんだか、くすぐったい気持ちになった。

豪華でなくても、お金をたくさん使わなくても、幸せを手に入れることはできる。それはきっと、大好きな人と一緒に出掛けられたからなのだろう。

あのときも母の気持ちはうっすらと分かったのだが、今はより一層理解が深まった。

特別な場所ではなくてもいい。ただ歩くだけでもいい。

愛する人が誘ってくれた散歩なら、何にも勝る宝物のような時間になるのだから。

「一時間だけでも、あなたと一緒にただのサンドラとパーシヴァルになって歩けることが、嬉しいのです」

サンドラが笑顔で言うと、なぜかパーシヴァルはぎゅっと眉間に皺を寄せてそのまま、ガイドブックを顔に載せる格好で天を仰いでしまった。

「どうしよう……私の妻が慎ましくて無欲で清らかで、私は浄化されそうだ……」

「……さすがに私にそんな特殊能力はないかと」

「それくらい、欲と焦りに襲われていた私にとっての救いになった、ということだ」

よし、とパーシヴァルは顔の上からガイドブックを取り除け、拳を固めた。

「あれこれ計画したからといって、それが達成できなければ本末転倒だ。こうなったら……ぶらり二人散歩でもしよう！」

「ぶらり二人散歩……！　なんだかすごくわくわくします！」

「だろう？　……こういうの、ずっとやってみたかったんだ」

そう言って歯を見せて笑うパーシヴァルは、まるで新しいおもちゃを与えられた少年のようだ。

王族として生まれ、特殊な体質のせいで生活が制限されてきた彼にとって、「ぶらり二人散歩」は大変魅力的なものなのだろう。

フロキアの町にあるリゾートホテルに、立派な馬車が停まった。

そこから降りてきたのは、恰幅のいい中年男性。仕立てのいい服を着た彼は、帝国でも有名な画商だ。馬車から日用品の他に額縁入りの絵が入っていると思わしき木箱がいくつも運び出されるのを見て、道行く人々はすぐに気づいた。

――あのホテルには現在、レディアノール王国の第二王子夫妻が宿泊している。きっとこれからあの画商と商談をするのだろう、と。

帝国にもミーハーはおり、王子夫妻の姿をのぞき見られないかとホテルの周りをうろつく者たちもいる。……だが皆はホテルの表側に集合していたため、ホテルの裏口の扉が音もなく開き、そこから帝国風の衣装を纏った男女二人が出てきたことに気づいた者は、いなかった。

「……いい感じだ。さあ、行くぞサンドラ！」

「はい！」

顔かたちが隠れるように頭部に布を巻いたり帽子を被ったりして変装した二人は顔を見合わせ、くすくすと笑った。

そしてまるで逃避行をしているかのように手を取り合い、フロキアの町の雑踏の方へと走り出していったのだった。

今日与えられた時間は短く、ホテルの近くをぶらぶら歩いたり、大通りで見つけた珍しい模様の猫を追いかけたり、露店で売られている謎の果物についてああでもないこうでもないと論じ合ったりしていると、あっという間に一時間が経ってしまった。

　二人が土産物屋の天井からぶら下がるトンボのような形のおもちゃに見入っていると、とんとんと背中を叩かれた。見ると、ロドムニア帝国の伝統衣装である貫頭衣と帽子を着用した知らない男がいた。

　手に細長いキセルを持っており、少しくたびれた雰囲気の一般市民――のように思われるが、帽子のつばの下には見慣れたロイドの顔があった。

「もうすぐお時間です」

「なんだ、おまえロイドか。本当についてきていたんだな」

「ずっとお二人の後ろにいましたよ。お二人が猫を追いかけた末に殿下が足を踏まれたところも、しかと見ておりました」

「おまえ……」

「気づきませんでした……」

　ロイドは、持っていたキセルを懐に入れ――変装用の小道具だからか、火はつけていなかったようだ――、ちょいちょいと手招きした。

「……楽しい時間は、あっという間だったな」

「そうですね。でも、すごく充実していました！」

　ロイドについてホテルへの道を歩きながらも、二人はしっかりと手を握り合わせており興奮のために少しだけ声が弾んでいたのだった。

三章　我が儘妖精のお願い

ロドムニア帝国で過ごす時間はあっという間に過ぎ、博覧会の閉会式を迎えた。

今回はオープニングセレモニーのように華々しく行われるのではなく、皇帝の手で宝物庫の扉が閉められるのを皆で見届けると、それで終了するらしい。閉会するとすぐに自国に帰る賓客も多いらしく、あっさりしたものになるそうだ。

閉会式でサンドラたちは、オープニングセレモニーと同じく宝物庫の前に集められた。博覧会開催中は一般開放もされていた宝物庫は、皇帝の手によって閉じられる。妖精が眠るとされる石もまた、扉が閉じられると三年間封印される。

（次回もまた、私たちにお役目が与えられるのかしら）

今回は王太子妃が妊娠中なのでサンドラたちに役目が振られたのだから、また王太子夫妻の仕事に戻るのかもしれない。だが、次回が開催されるまでの間に王太子が即位する可能性もある。そうすると、三年後にサンドラたちが再びあの青い石を見るのかもしれない。

（でもこれが最後の可能性もあるし、しっかり目に焼き付けておこう）

この位置からだと青い石を上から下まで眺めることはできないので、少し背伸びをした。

皇帝は集まっている賓客たちに挨拶をしてから、お付きを伴って宝物庫の方に向かった。そして帝国風のお辞儀をして祈りを捧げ、帝国の始祖帝とその片腕として建国を手伝ったという妖精に感謝の言葉を述べる。

サンドラたちが見守る中、皇帝が宝物庫の扉に手を掛けた。そして、ギギィッと軋んだ音を立てながら重い扉が閉まっていき——

ぴたり、と皇帝が動きを止めた。

「……今、誰か何か申したか？」

皇帝が振り返って問うたので、賓客たちだけでなく帝国の重鎮なども不思議そうにあたりを見回し、首を横に振った。

「いいえ、誰も何も申し上げておりません」

「まことか？　今かすかに、幼子のような声が聞こえたのだが……」

「この場に、幼子と言えるような年齢の者はおりませぬが……」

オープニングセレモニーのときに挨拶をした大臣が申し出た直後、皇帝は振り返って完全に閉ざされそうになっていた宝物庫の扉にがっと手を掛けた。

「中から声がした！　誰かおるのか⁉」

「皇帝陛下⁉」

大臣たちが慌てて駆け寄る中、皇帝は閉ざそうとしていた扉を再び開けて——異常事態をハラハラしながら見守っていたサンドラは、息を呑んだ。

（妖精の石が、光っている……⁉）

サンドラの位置からは見え隠れする程度だが、あの青い石が明滅していた。まるで心臓の拍動のように脈打ちながら石は光り――そして、会場の隅々まで届くようなピシッという嫌な音が響いた。

「なんと……⁉」

「これは⁉」

皆がどよめく中、サンドラはパーシヴァルの手をぎゅっと握っていた。パーシヴァルもまた、険しい横顔を見せながら前方の状況を見守っている。

ピシ、ピシと音を立てて石に亀裂が入り、そして――

「……女王陛下ぁぁぁ！」

高い悲鳴を上げて、石の中から何かが飛び出してきた。なんだなんだ、と皆が戸惑う中、宝物庫の中に入っていた皇帝が「まさか……」を声を上げている。

「おぬし……いや、貴殿は、建国の妖精様か……？」

「ううう……目が、見えないぃ……おまえ、誰だ？」

飛び出した何かに問われたらしい皇帝が、姿勢を低くして答えた。

「わしはロドムニア帝国第二十五代皇帝、カシム・リオ・ロダンである！　……もしや貴殿は、我が先祖であるサルマン始祖帝をご存じなのでは？」

「サルマン？　ああ、あの髭もじゃか！　あいつが先祖ということは、今は……ううっ……」

「よ、妖精様⁉」

皇帝が慌てた声を上げて、帝国の大臣たちが「皆様、一旦離宮へお戻りください！」と声を上げながら走り回る。どうやら、閉会式どころではなくなったようだ。

「一体何が起きたのでしょうか……？」

「はっきりとは見えなかったが、皇帝陛下が石の中から飛び出した小さな生き物を保護されたようだ」

サンドラよりも背の高いパーシヴァルはそう言って、ロイドを呼んだ。

「……このままでは帰国は難しそうだ。港町に連絡を入れてくれ」

「かしこまりました」

「サンドラ、一旦離宮に戻ろう」

他の賓客たちも使用人たちと今後の相談をしたり移動したりする中でパーシヴァルが言ったので、サンドラはうなずいたのだが。

「……失礼、レディアノール王国のパーシヴァル殿下」

声を掛けられたのでサンドラもそちらを見ると、例の帝国大臣の姿があった。異常事態に驚き戸惑っているのは彼も同じのようで、つるりとした頭部に玉のような大粒の汗を掻いている。

「申し訳ございませんが、こちらに来ていただきたく」

「……。……了解した。だがこの混乱の中なので、妃を外に送り出すまでは待っていただきたいのだが」

「もちろんでございます」

大臣は汗を掻き掻きぺこぺこしながら去っていき、パーシヴァルが悩ましげなため息をついた。

「……なんとなく、呼ばれる気はしていたが」

「それは、殿下が妖精の血持ちだからでしょうか」

「あの飛び出した生物が本当に妖精だとしたら、私が呼ばれる理由も分かるな」

そう言って「馬車まで送ろう」と言うパーシヴァルに手を引かれながらも、サンドラの胸は嫌にどきどきしていた。

(石に眠っていた妖精が、目覚めた……？　本当に……？)

皇帝たちの反応からして今回の出来事はパフォーマンスなどではなく、あらゆる人々の度肝を抜くものだったようだ。

帝国が国宝と定める、建国に携わった妖精が眠るとされる石。それが割れて眠っていたはずの妖精が「女王陛下」という言葉と共に目覚めた。

未知の出来事に興奮する気持ちももちろんあるし、これからどうなるのだろうという不安、そしてこの後パーシヴァルが呼ばれるということだから、夫に何か起きたりしないだろうかという危惧もある。

「……殿下、ご無理はなさらないでくださいね」

サンドラが囁くと、手を握るパーシヴァルの力が強くなった。

「分かっている。正直、厄介極まりない体質を持つだけの私に何かできるとは思えないが……悪い結果にはならないようにする。サンドラは、安心して待っていてくれ」

「……はい」

その後迎えの馬車に乗って、サンドラは離宮に戻った。離宮にも既に連絡は行っていたようで、閉会式が終わるとすぐに港に向けて出発する予定だったため使用人たちは困った顔をしていた。もう荷造りも終えているので、滞在期間が延びることはできるだけ避けたいのだろう。

ひとまず部屋に上がってお茶を飲んでいると、しばらくしてロイドが戻ってきた。港への連絡を手配していた彼はパーシヴァルのことを後から聞いたようで、難しい表情をしている。

「……殿下のことだから大丈夫だとは思いますが、あの生き物が本当に妖精であるのか、妖精だとしてなぜこのタイミングで目覚めたのか、あの発言の意図は何なのか……謎はいくらでもありますね」

「ええ。確か、『女王陛下』と口走っていましたし」

サンドラも同意を示すと、ロイドはあごに手をやった。

「……あの口ぶりからして、帝国の始祖帝と顔見知りである様子。ですが妖精は開口一番、『女王陛下』と言った。始祖帝は男性ですから、女王陛下とやらは別人とみて間違いないでしょう」

「……もしかして、レディアノールの王子であるパース様に関係しているかも？」

「しかも殿下は妖精の血持ちですからね。だからこそ、帝国の大臣は殿下をお呼びになったのでしょう」

レディアノール王国は基本的に男子が継ぐが、王に娘しかいなかった場合は第一王女が女王として即位する。だから王家の系譜を辿ればパーシヴァルの先祖に女王がいたことになるが、帝国の興《おこ》りを知る妖精の言う「女王陛下」が同一人物という可能性は低い。

（一体どういうことなのかしら……）

＊＊＊

安心して待っていてくれ、と言って妖精のもとに向かったパーシヴァルだったが。

「帰ってこられない……」

翌朝になってもパーシヴァルは離宮に帰ってこず、サンドラは不安で仕方がない。

昨夜は深夜を回るまで待っていたのだが、「お休みになっている間に戻られるかもしれませんよ」とメイドに説得されて、そうなればいいと願って一人ベッドに入った。

だが朝になってもパーシヴァルの姿は離宮になく、あまり喉を通らない朝食を無理矢理胃に押し込んでいるときに、ロイドが戻ってきた。

「遅くなり申し訳ございません、サンドラ様」

「おかえりなさい、ロイド様。……疲れているところ申し訳ありませんが、殿下は？」

サンドラが問うと、ほぼ眠れていないらしく少し顔色の悪いロイドはまぶたを伏せた。

「殿下は昨夜から宮殿の宝物庫で、妖精の相手をされています」

「……本当に妖精だったのですね」

サンドラがつぶやくとロイドはうなずき、ひとまず現在分かっていることについて教えてくれた。

妖精は手のひらに乗りそうな大きさのとても小さな人間、といった見た目で、全身から石と同じ青色の光を放っていた。妖精は起きたばかりで少し意識が混濁している様子だったが、彼――本人が、「ぼくは男だ！」と言ったそうだ――が言うに、どうやら遥か昔に帝国の礎を作り終えた彼は始祖帝であるサルマンに、「しばらく寝る」と告げて自らを結晶化させたそうだ。寝ること自体に特に意味はなく、気がついたらものすごい時間眠っていたとのことだ。

だが彼はここ最近、不思議な気配を感じていたようだ。それがどうやら、「女王陛下」と呼ぶ存在の者の気配らしい。

「彼の言う『女王陛下』は人間の王のことではなく、妖精族を統《す》べる者のことだそうです。まだ世界に妖精が溢れていた頃に、妖精族の頂点に立つ者としてあがめられていた存在だとか」

石で眠っていた妖精は、その女王の気配を感じた。まどろみの中で必死に女王の気配をたぐり寄せようとしていたが、博覧会閉会式で皇帝が扉を閉めようとして――これでは女王に会えなくなる、と思った彼は全力を振り絞り、結晶を破壊して目覚めるに至ったそうだ。

「それで、殿下がその妖精のお相手を？」

「はい。そのときは帝国側も『女王陛下』が何のことか分からず、ひとまず妖精の血を宿す近隣国の王族ということで殿下が呼ばれたそうですが、お察しのとおり人違いで。『おまえからは確かに妖精の気配がするが、そんな中途半端な力しか与えられぬチンケな下っ端と女王陛下を同じにするでない！』などと罵倒されていて、さすがにおかわいそうでした」

「ま、まあ……」

どうやらレディアノール王家の先祖に血を与えたという妖精は女王ではなく、「チンケな下っ端」程度だったらしい。パーシヴァルに与えられた体質が迷惑極まりないものであるのも、妖精本人が「チンケな下っ端」だったからなのだろうか。

「……ということは、帝国はその妖精が『女王陛下』と呼ぶ人を探すつもりなのでしょうか？」

サンドラが問うと、ロイドは額を押さえながらうなずいた。

「はい。どうやら何だかんだ言われつつも殿下は妖精に気に入られたようで、話し相手になってほしいと皇帝陛下に言われて……」

「あっ、ごめんなさい！　ロイド様も疲れていますよね」

「お気になさらず。私より、殿下の方が心配です。まだ妖精から解放してもらえないそうで……」

人差し指と親指で眉間を揉んだロイドが言うので、サンドラはうなずいた。

レディアノール王国とロドムニア帝国の関係を考えると、下手に帝国に逆らわない方がいい。パーシヴァルもそう思って、帝国の命令に応じているのだ。

（……でもさすがに、殿下の睡眠時間を犠牲にしたままにはできないわ）

「私、宮殿に行ってみます」

サンドラは、さすがに却下されるかもしれないと思いつつも言ったが、ロイドが考え込んだのはほんの数秒のことだった。

「……そうですね。愛しの妃殿下が迎えに来たとなれば、殿下が休憩するきっかけにもなるでしよう。行ってみるのも悪くないかと。護衛は――」

「誰かに頼むから、ロイド様は休んでください」

ロイドが言う前に先手を打つと、彼は少し迷ったのちに「……ご配慮に感謝します」とお辞儀をした。

ロイドが自室に向かったのを確認してから、サンドラは護衛とメイドを連れて離宮を出た。

宮殿に向かう馬車に乗るサンドラは、窓の外の風景を眺めながら思う。

（相手が大国、それも友好国というわけではないから、こちらにとっては分が悪いのよね……）

権力の多寡《たか》を持ち出すのはフェアではないかもしれないが、こういうとき相手がレディアノール王国よりも小さな国であればパーシヴァルが必要以上に疲弊《ひへい》しなくて済むのだが。

妖精の探す「女王陛下」とやらが見つかればパーシヴァルも解放されるのだろうが、そうあっさり発見できるものなのだろうか。

（見つからないなら、このままパース様を帝国に置いていけ、と言われることもあるのかしら……？）

サンドラとしては避けたいことだが、絶対にないとは言えない。そのとき、パーシヴァルたちレディアノールの王族がどのような返事をするのか……あまり考えたくない。

間もなく、宮殿に到着した。初日は壮大で美しいと思えたこの建物も、今はあまり神々しいと感じられなくなったのが少しだけ寂しい。

衛兵は招かれざる客の来訪に警戒を示したが、「夫の様子を見に来ました。不可能であれば、言付けだけでも」と遠慮がちに申し出ると、案外すんなり通してくれた。

騎士とメイドを連れて、案内役の使用人について宝物庫へ向かう。既に博覧会の開催期間は終わっているので宮殿内は以前よりぐっと静かで人通りも少なく、回廊の間を流れる水のさらさらという音がやけに大きく聞こえた。

「レディアノール王国サンドラ妃殿下のお越しです」

宝物庫の前で使用人が言うと、閉ざされた扉の前にいた衛兵たちが視線を交わした。

「……妃殿下のお越しは聞いていないが、確かにパーシヴァル殿下はずっとお休みになっていないな」

「少し、聞いてみます」

そう言って衛兵が「失礼します」と断り、宝物庫の扉を押し開けた――瞬間。

「……女王陛下ぁぁぁ！」

扉のわずかな隙間からびゅんっと青白い光が飛び出し、サンドラの前にやってきた。ぶつかる！　と思って反射で目を閉じたサンドラだったが、きゃいきゃいとした声に恐る恐る目を開く。

「ああぁっ、やはりその気配、その神々しいお姿はまさに、女王陛下！　お会いしとうございました！」

「……え、ええっ？」

目を開いたサンドラは、小さな生物が目の前に迫っていたためぎょっとのけぞってしまった。

その姿は先ほどロイドが言っていたように、まさに小さな人間だった。サンドラの両手の上に

乗りそうな大きさのそれは、細い体に布のようなものを巻き付けた格好をしている。髪は重力に逆らってツンツンと撥《は》ねており、青白い光のせいで分かりにくいがおそらく透明感のある銀髪なのだろうと思われる。

　見た目は人間の子どもと大差なく、髪と同じ銀色の目はくりくりとしている。肌も白いが、興奮のためか頬がほんのり赤くなっている。黙ってポーズを決めていれば、精巧な美しい人形にも見えただろう。

「……あ、あなたが妖精というもの？」

　つい間抜けな聞き方をしてしまったが、妖精は気にするどころか満面の笑みになって「はい！」と答えた。

「ぼくはストレロッツォレルでございます！　女王陛下にお会いできて光栄でございます！」

「ストレロ……ごめんなさい、発音が難しくて」

「滅相もございません！　女王陛下に呼んでいただけるならこのストレロッツォレル、どのような呼び名でも構いません！　短くしてストルでもツォレルでも、なんなら『このゴミ虫め』でも！」

「あー……では、ストルと呼ばせてもらいますね」

　こほん、とサンドラが咳払いをして言うと、ストレロッツォレルことストルは「光栄でございますー！」と光りながらその場をくるくる回った。

　無駄に青い光を撒き散らす彼の向こうから、疲れたような顔のパーシヴァルがやってくるのが見えた。

「サンドラ……まさか、彼の探していた『女王陛下』はあなたのことだったのか？」

「殿下、私もびっくりで……どういうことなのか分からないのです。教えてくれますか、ストル？」

　サンドラが問うと、くるくる回転をやめたストルは「もちろんでございます！」と答えた。

「女王陛下がお望みであればこのストレロッツォレル、舌が裂けても喉が渇きで張り付こうともお話しし続けます！」

「そこまでしなくていいですよ」

　このままだと本当に実行しそうなのでサンドラが言ったところで、背後がドタドタと騒がしくなった。見ると、衛兵を連れた皇帝の姿が。急いで来たからかマントが肩からずれかけているが、目はらんらんと輝いている。

「おおっ……！　妖精様、まさかサンドラ妃殿下がお捜しの『女王陛下』でしたか⁉」

「おう、髭二世か。そのとおり、こちらの御方こそぼくが探し求めた女王陛下である」

　サンドラのときとは全く違う偉そうな口調で言うストルだが、皇帝は気にした様子もなく揉み手をしそうな勢いでうんうんとうなずいた。

「それはよろしゅうございました！　……では、積もる話もありますでしょうし、早速お二人を部屋にお通ししましょう」

「ああ、そうしろ髭二世」

「……サンドラ、私も付いていこう」

パーシヴァルがそう言うが、サンドラは少し躊躇《ためら》ってしまった。

（パース様はずっとストルの相手をしていたのだし、そもそも私がここに来たのはパース様を連れて帰るためだったのだから……いつまでも連れ回すのは申し訳ないわ）

「殿下には睡眠が必要です。ストルの相手は私がします」

「だが、妃のことだ。私も同席したい。ストル殿、いいだろうか」

「貴様っ！　我が名を呼んでもよいのは女王陛下だけだ！　貴様のような黄色ツンツンに呼ばれる名などない！」

パーシヴァルに名前を呼ばれた途端、振り返ったストルはぎゃんぎゃんわめき始めた。黄色ツンツン……というのは、少し硬質な金髪であるパーシヴァルのことのようだ。

「ストル、彼は私の旦那様です。あなたのおしゃべり相手にもなったそうですし、とても優しくて誠実な人です」

「むっ……女王陛下がおっしゃるのなら、仕方ない。ツンツン、貴様の同席も許そう」

サンドラはストルの物言いを窘《たしな》めたつもりだったが、同時にパーシヴァルの同席を許させることになってしまった。

……ただし。

「お話をするのは、殿下が休憩をされた後です」

これだけは絶対に譲れない、とサンドラは笑顔で、だが毅然《きぜん》とした態度で宣言した。

サンドラとパーシヴァルは一旦離宮に戻り、寝室に入るなりパーシヴァルはベッドに倒れ込む勢いで寝入ってしまった。やはり相当疲れており、無理をしていたようだ。

パーシヴァルは夕方に目覚めたので、朝食と昼食を兼ねたものを食べ——サンドラに手ずから食べさせてほしい、とねだったので、今回は甘やかしてあげることにした——、改めて宮殿に向かった。

二人が通されたのは、宮殿の中でも飛び抜けて上質な客室だった。きらきらしいばかりの調度品を前にサンドラは少し面食らってしまったがどうやらここがストルのためにあてがわれた部屋らしく、彼は上質なテーブルの上にどんとあぐらを掻いて座りサンドラたちを待っていた。

「ごきげんよう、女王陛下！　再びお会いできて嬉しゅうございます！」

「ごきげんよう、ストル。改めて、話をさせてもらってもいいでしょうか」

サンドラが言うとストルは「もちろんです！」と元気に答え、サンドラとパーシヴァルは彼と向かい合うようにソファに座った。

「まずは、ぼくのことですが……女王陛下はぼくのことについて、どれほどご存じですか？」

「ストルはロドムニア帝国の始祖帝に協力して帝国を興したのちに、自らの体を結晶の中に閉じ込めて眠りについたとのことですね。そして女王の気配を感じて目を覚まし、ひとまず夫を話し相手にしていたと」

サンドラが言うと、ストルはうなずいた。

「ツンツンは正直あんまり話が面白くなかったのですが、ぼくの話は真面目に聞いてくれました。ツンツン頭のくせに、聞き上手だったな」

「光栄だ」

パーシヴァルが素直に言うと、ストルはふふんと不敵な笑みを向けた。

「ふん、泣いて喜ぶがいい！　……ぼくが眠りについたのは、この国でやるべきことを終えたからです。ツンツンから聞いて知ったのですが、ぼくが眠っている間に妖精たちは絶滅してしまったとのことですね」

「ええ。……寂しいですね」

まだ仲間がたくさんいた時代を知るストルからすると、目が覚めたら自分以外の同種族の者は死に絶えていました……なんて、ショックに決まっている。じわじわと数を減らしていった歴史を知らないからこそ、いきなり全てを喪《うしな》う悲しみは耐えがたいものになるだろう。

サンドラの言葉を聞いて、ストルは微笑んだ。

「お気遣いありがとうございます、女王陛下。確かに寂しいけれど、おかげでこうして女王陛下にお会いできたのだからラッキーだとぼくは思っています！」

「……ストレロッツォレレル殿。先ほどから気になっていたのだが、なぜサンドラのことを女王と呼ぶのだ？　サンドラは正真正銘、人間の女性なのだが」

難読な本名を滑らかに述べたパーシヴァルに、ストルは複雑そうな視線を向けた。

「……そんなの見れば分かる。ぼくがあなたを女王陛下とお呼びするのは、その御身に女王陛下の加護を受けていらっしゃるからです」

「加護？」

「そこの話がつまらないツンツンからも、チンケな妖精の血が感じられます。ですが女王陛下の御身を加護する力は、その比ではございません！　あなたこそまさに、女王陛下の愛し子――女王陛下の生まれ変わりなのです！」

　ストルが興奮気味に言うので、サンドラはぎょっとした。

「わ、私が妖精の女王の生まれ変わり⁉」

「そうですとも！　女王陛下は、たぐいまれなる魔力と深い愛情を持ったお方でした。残念ながら、ぼくがこの国造りを協力する少し前に行方不明となったのですが……おそらく、女王陛下はあなたの先祖にその魔力を与えられたのでしょう」

「えっ……でも私、何の力もありませんよ？」

　パーシヴァルの場合、生まれた瞬間から「自分の肌を見た女性を魅了する」という呪われた体質が発揮されていたようだ。そして文献を見る限り、これまでに存在した妖精の力を持つ者たちもほとんどの場合、幼少期までには何らかの力を顕現させていたという。だというのにサンドラは二十代になった今でも、妖精の力らしい力を発揮したことがない。

「それは……むしろぼくも気になっているのです。あなたからは間違いなく、女王陛下のお力を感じる。ですがご本人には自覚がなく……むむ。これは一体、どういうことなのでしょうか？」

　ストルが悩ましげに首をひねるので、サンドラも困ってしまう。

「それは……分かりません。やはりストルは、気になりますか？」

「もちろんですとも！　ぼく以外の妖精が絶滅したというこの世で、女王陛下はぼくがよすがを感じられる唯一の存在！　女王陛下のために知恵を絞らんか！」

ツンツンよ。ぼくと女王陛下にまつわることなら、何だって知りたいです！　……おい、
ストルが矛先をパーシヴァルに向けると、黙って成り行きを見ていたパーシヴァルが「そうだな」と考えつつ口を開いた。

「さすがに今すぐその問いに答えることはできない。サンドラも自覚がないとのことだからな。ただ……そうだな。ユリシーズ殿なら、何かご存じかもしれない」

パーシヴァルの言葉に、サンドラは小さくうなずいた。

「そうですね。お兄様はエドモンズ伯爵家の直系ですし、私が知らないこともご存じかもしれませんね」

「なんと、女王陛下には兄君がいらっしゃるのですか！」

「正確には従兄弟ですが、兄と弟合わせて三人います」

サンドラがストルに説明するが彼は人間の血縁関係についての知識が疎いらしく、「イトコ？」とかわいらしく首を傾げている。

「祖父母を同じくする者のことだ。サンドラの場合、サンドラの父親と従兄弟の父親が兄弟関係にある」

「おお、それなら分かる。解説苦しゅうない、ツンツン。……それにしても、女王陛下の従兄弟

か。それは是非ともお会いしてみたい！」

　パーシヴァルの解説のおかげでストルも理解できたのはいいが、彼は目をきらきらさせてそんなことを言い出した。

　あっ、と思ったサンドラはパーシヴァルの方を見た。彼も自分の失言に気づいたようで、苦い表情をしている。

（まずい、この流れは……）

「え、ええとですね。私の故郷はこの国とは海を挟んだ反対側にございまして……ストルが行くのは大変です」

「女王陛下のゆかりの地に行きその足跡を辿れるのであればこのストレロッツォレル、火の海でも渡りましょう！　海ならば、髭もじゃに連れられて見に行ったことがあるから安心してください！」

「い、いえ。船旅は大変なものでして……」

「女王陛下の迷惑にはなりませんので、ご安心ください！」

　ストルはノリノリだが、サンドラが危惧しているのはストルを船に乗せることではない。

（この妖精、自分が帝国にあがめ奉られる存在だっていう自覚がないのね⁉）

　ストルを連れてレディアノールに行くというのはつまり、帝国の国宝を持って帰るも同義だ。そんなの、ともすれば戦争勃発である。

「ストレロッツォレル殿、あなたは帝国を興した妖精であり、この帝国の人々が何よりも大切にされる方だ。サンドラと妖精の女王の関係が気になるのはもちろんだろうが、無断で連れていくわけにはいかない」

「ふん、であれば髭二世を説得すればいいだけの話だ」

パーシヴァルの説得にもストルはあっさりと言ってのけるので、それまでは壁際で黙って成り行きを見守っていた帝国の使用人もレディアノール王国の騎士たちも、ぎょっとした。あの皇帝に「ストルを連れて帰ってもいいですか」なんて言い出せるわけがない。

パーシヴァルは自分が播《ま》いた種だからか、悩ましげな表情をしてからうなずいた。

「……分かった。では、私が交渉に行こう」

「パース様⁉」

「安心しろ、サンドラ。決してレディアノールにとって……そしてサンドラにとって悪いようにはしない」

思わず愛称で呼んでしまったサンドラに微笑みを向けてから、パーシヴァルはストルを見た。

「交渉自体は私が行うが、できればストレロッツォレル殿にも同席を願いたく」

「貴様は話がつまらんから、貴様一人で行かせるのは心配だ。仕方ないから、このぼくも貴様と一緒に髭二世の説得に行ってやろう」

「感謝する」

どう考えてもパーシヴァルが低姿勢になる必要はないのだが、ストルに対してどこまでも丁寧に接するパーシヴァルの姿に、サンドラはそっと自分の胃のあたりに手を当てたのだった。

結果として、皇帝の説得は成功に終わった。

最初話をしたとき案の定皇帝は「ならん！」と一刀両断したものの、パーシヴァルが丁寧に事の次第を説明し、そしてとどめにストルが「ぼくのお願いを聞いてくれない髭なんて、嫌いだ！」と言い出すと、皇帝は大変ショックを受けた顔になって渋々うなずいてくれたのだ。

こうしてサンドラたちに、「妖精の女王の足跡」ならびに「妖精の女王とエドモンズ伯爵家との関係」について調べ、ストルを満足させるという任務が下された。

もちろん条件付きで、往路復路を込みで二ヶ月以内にストルを宮殿に戻らせること、常に帝国の兵士や使用人をつけること、そしてストルを港町と王都以外の場所に連れて行かないことなどを厳命された。

サンドラたちとしてもストルを少しでもおとなしくさせるためにも約束はあった方がいいという考えだったので、条件を呑んで誓約書にサインした。

＊　＊　＊

サンドラたちは、ストルや帝国の使者——監視役たちを連れて、レディアノール王国に戻ることになった。

相談の結果、ロイドには別便で一足先にレディアノール王国に戻り、皆に諸々の説明をしてもらうことになった。船にはレディアノール人以外の者たち――人外含む――が乗っているのだから、相応の迎えの準備をしてもらわねばならないからだ。

おかげでサンドラたちは準備やら連絡やらで奔走してヘトヘトなのだが、ストルはずっとご機嫌だ。

彼がいる限りサンドラたちに危害を加えられることはないだろうが、気まぐれな妖精の気分を損ねないようにもしなければならない。祖国への帰還ではあるが、公務と新婚旅行を終えて晴れ晴れとした気持ちで凱旋……というわけにはいかなそうだ。

「ストル、これから私たちは船の旅をします。おそらくこれほどの大きさの船ならば十日ほどで到着できるでしょうが、それまでの間行動が制限されるのは覚悟してください」

帝都を離れ、もうすぐ馬車が港町に着くというところでサンドラが念押しのために言うと、窓に張り付くような格好で外の風景を珍しそうに見ていたストルはしっかりとうなずいた。

「分かっておりますとも、女王陛下！　このストレロッツォレル、女王陛下のご命令であればなんでも完璧にこなします！」

「ありがとうございます。……それから、ですね。できれば私のことは、名前で呼んでくれませんか？」

ずっと気になっていたことなので、今のうちに言っておくことにした。

ストルはサンドラのことをずっと「女王陛下」と呼んでいる。どうやらサンドラの体には妖精の女王の加護が掛かっているらしいので、ストルからするとサンドラは女王の生まれ変わりと言えるのかもしれない。

　だが、遥か昔のエドモンズ伯爵家に何が起こったにしろ、サンドラはサンドラだ。

（それに、これから王政のレディアノールに行くのに、いつまでも女王と呼ばれるわけにはいかないわ……）

　もしストルがごねたとしてもちゃんと説明をして聞き入れてもらおう、と思ってのお願いだったが、ストルは「了解しました」とわりかしあっさりとうなずいた。

「ではこれからは、あなたのことは名前でお呼びしてもよろしいでしょうか？」

「ええ、サンドラと呼んで。それからこちらにいる私の旦那様は、パーシヴァル様というのですよ」

　サンドラがついでに言うと、向かいに座っていたパーシヴァルは苦笑した。

「私のことは、無理に名前で呼ばなくても結構だ」

「ふん、では貴様のことはこれまでと同じように呼ぶぞ。話のつまらんツンツン頭……略して『はなツン』だ！」

「ストル……」

　サンドラはじろっとストルを見たが、パーシヴァルの方は「愛称か。なかなか面白いな」とあっけらかんと笑っている。

　いつぞやアーシュラの見舞いでサージェント男爵邸に行った際、ウィレミナに「おでんかさま」という間違った敬語を駆使した名で呼ばれても、一切嫌な顔をしなかったパーシヴァルだ。

はなツンだろうとおでんかさまだろうと、「殿下」のような敬称以外で呼ばれるのならばなんでも嬉しいと思っているのかもしれない。

今回のサンドラたちの帰国はストルや帝国の見張りを伴うということで、普通であれば仰々しい見送りの列が作られるものである。だが、帝国内は国宝の石から妖精が出てきただけでなく、その姿を近隣諸国の多くの賓客たちも見ていたということで、方々《ほうぼう》への連絡などで手いっぱいになっているという。

幸い、ストルがサンドラのことを「女王陛下」と呼んだ場面に居合わせた他国人はいなかった。そこで帝国側は「客たちの中に、妖精が求める『女王』はいなかった。妖精は宮殿で過ごすので、皆は気をつけて帰国するように」と知らせた。

妖精のことが多くの人の耳に入るのは時間の問題だろうし、帝国も口止めをするのは諦めている——というより、これが好機になるかもしれないと思っている節があるかもしれない、というのはパーシヴァルの談だ。

(皇帝陛下は、ストルが妖精の女王と伯爵家の関わりについて知って満足するまで王国に滞在することを許可してくださったわ。……でも、それだけでは終わらないかもしれない)

そうは思うが憶測に過ぎないので、滅多なことは言わないようにした。

馬車が港町に到着したので、サンドラは小さな壺を差し出した。

「では、ストルにはしばらくの間、これに入ってもらいます」

これは、陶器製造所の見学の後で自分用に購入した壺だ。まさか、新婚旅行先で何気なく購入した土産をこのように使うことになるとは、当時の自分は予想だにしていなかった。

最初は怪訝そうな目で壺を見ていたストルだが、パーシヴァルが横から「それは、サンドラが手ずから選んで購入した壺だ」と囁くと、「ならば入りましょう！」とノリノリで入ってくれた。

「……パース様、ストルの扱いが上手ですね」

呼吸ができるようにするため穴の空けられたコルクで壺に栓をしたサンドラがこそっと言うと、パーシヴァルは微笑んだ。

「何時間も話し相手をしていれば、機嫌の取り方も分かってくる。レディアノールにいる間も、サンドラが忙しいときは私がストレロッツォレルの相手をしよう」

「そういうわけにはいきません。それに、あだ名のことも……」

「ストレロッツォレルは、人間の見た目をあだ名にする癖があるようだ。そこに彼は、話がつまらないという私の内面の特徴も織り込んだ愛称を作った。……人間もそうだが、本当に嫌う相手のことは名前も呼びたくないだろう？　だからこうして彼のオリジナルの愛称で呼ばれるというのは、彼からまあまあ興味を持たれているということの表れだと捉えているから、大丈夫だ」

パーシヴァルの言葉に、サンドラは目を丸くした。ストルの「はなツン」はサンドラからすると愛称ではなくてもはや蔑称《べっしょう》だが、パーシヴァルはそのように捉えていたとは。

（……確かに、ストルが名前らしい名前で呼ぶのはパース様と皇帝陛下だけだわ）

ロイドなどその他の人間も見えているはずだが、彼らのことは「そこの人間」「貴様ら」と指示語だったりひっくるめて呼んだりするだけだ。

宝物庫でストルの相手をしており、彼から話がつまらないとダメ出しを食らってはいるが、ストルだって本当に嫌な相手なら拒絶しただろう。それどころか長時間パーシヴァルを話し相手にするくらいなのだから、二人の関係はそこまで悪くないのかもしれない。

ストルが壺の中でおとなしくなったのでサンドラのバッグに入れ、馬車を降りた。ふわり、と漂う生ぬるい潮風を浴びながら、埠頭《ふとう》の方に向かう。

レディアノール王国の国旗をなびかせた船を見ると、ほんの少しだが安心できた。既に乗船準備は整っており、レディアノール王国から連れてきた乗組員や船大工たちがタラップの前で整列していた。

パーシヴァルに手を取られてタラップを上がり、船室に向かう。しばらくすると船が動き出し、そこでサンドラはバッグに入れていた壺を取り出した。

「ストル、出てきていいですよ」

サンドラが呼び掛けてから栓を抜くと、待ってましたとばかりにストルが飛び出して、テーブルの上で大きな伸びをした。

「さすがサンドラ様が選ばれた壺！　中は大変快適でしたが……ここは？」

「船室です。ここに出入りするのは私たちや側近だけなので、この部屋の中だったらゆっくり過ごしていいです」

「かしこまりました！　……お、おお！　海が動いている！」

ストルは円い窓の方に飛んでいき、ガラスにへばりつくような格好で外の光景に見入り始めた。

「むっ？　向きが変わった……おい、はなツン！　もしかしてあれが、ぼくがいた国なのか？」

「そうだ。あれがさっきまで私たちがいた港町で、砂漠を越えた先に宮殿がある」

「どっちの方角だ？」

「あちらだ。……ここからはさすがに見えないな」

ストルに呼ばれたパーシヴァルも窓の方に行き、大きさの異なる二人ではあるものの肩を並べて窓の外の海原と遠ざかってゆくロドムニア大陸を見ていた。

（すっかりパース様に懐いているわ……）

なるほど、これが先ほどパーシヴァルが言っていたことにつながるようだ。いつぞや彼は、自分が面白みがなくて無個性だと人に言われると口にしたことがある。それはパーシヴァルも、自分の強みや魅力に気づいていなかったのもあるのかもしれない。

魅了の体質という、厄介極まりない力を持って生まれたパーシヴァル。彼は自分の意思にかかわらず女性を惹き付けてしまうため、常に周囲に警戒する生活を送ってきた。

だがだからこそ、優しいのではないだろうか。辛い思いをたくさんしてきたからこそ、人に優しくできる。さらに王族としての心構えや交渉術を教わってきたこと、本人の穏やかな気質などが加算された結果、警戒心丸出しのストルさえパーシヴァルには気を許すようになったのではないか。

（もしパース様に魅了の力がなくても、皆に慕われる素敵な王子様になっていたに違いないわ）

もしそうだったら伯爵の姪でしかないサンドラと結ばれる未来は存在せず、その世界ではパーシヴァルはパーシヴァルなりに、サンドラはサンドラなりに幸せになれただろう。

でも、もし別の形で幸せになれたとしても。パーシヴァルに魅了の力なんてない方が、彼にとってよいことだったとしても。

(パース様と一緒になれないのは、寂しい……)

ストルに髪を引っ張られながらも相手をしてやっているパーシヴァルの横顔を見ながら、サンドラはそっと自分の胸に手を当てた。

サンドラはただ、数奇な運命の末に巡り会えた夫を愛し、大切にするだけだ。

間もなくロドムニア大陸は見えなくなって、青い空と海原、白い波だけが船窓の外に広がるようになってからも、ストルのおしゃべりは止まらなかった。

最初は穏やかに相手をしていたパーシヴァルだったが、次第に口数が減り顔色も悪くなっていった。行きと同じく船酔いを起こしてしまったようで、「はなツンは体がでかいわりに、軟弱だなぁ」とぼやくストルは以後サンドラが引き取ったのだった。

四章　エドモンズ伯爵家の秘密

緊急事態ということで、往路よりも速度を上げた船はずんずんと海域を進んだ。当然船の揺れは大きくなるのだが、パーシヴァルは自分の体調よりも国家間の取り決めごとを重視させたため、往路よりも二日ほど早くレディアノール王国の港町に到着した。

「ここが、サンドラ様の故郷ですか？」

「ええ、レディアノール王国です。何か、気づいたことはありますか？」

下船準備を進める傍らでサンドラが問うと、船窓の縁に腰掛けて外を見ていたストルは首を傾げた。

「うーん……今はまだ、なんとも。サンドラ様の生まれ故郷に行けば違うと思うのですが」

「……残念ながら、伯爵領に連れていくことはできません」

これは、船旅の途中でも何度もストルに言い聞かせたことだ。

ストルが宮殿を離れる期間として皇帝が提示したのは、二ヶ月。その間にストルが移動してもいいのは港町と王都の間のみで、例え時間に余裕が生まれたとしても王国東にあるエドモンズ伯爵領に行くことはできない。

ストルも最初は不満げだったものの、約束を破ればサンドラが叱られるのだ、とパーシヴァルがやんわりと説明してくれたおかげで首を縦に振ってくれた。ストルの中では、自分の願いを叶えることよりもサンドラが嫌な思いをしないことの方が優先順位が高いようだ。

「……分かっています。ぼくとしても、あの国や髭二世には恩や情がありますし、必要以上に困らせるつもりはありません」

「そう言ってくれると助かります。……さあ、壺の中に」

「はい！」

サンドラが例の移動用の壺を差し出すと、ストルはお利口に入ってくれた。栓も閉めてからバッグに入れ、隣室のベッドで寝ていたパーシヴァルを起こして下船を促す。

レディアノール王国の港に近づいてからは船も速度を落としたからか、パーシヴァルはまだ若干顔色が悪いものの立って歩くのは問題なさそうだ。

「本当に、格好がつかない……。体を鍛えれば、船酔いにも勝てるようになるだろうか」

「お兄様のようなことをおっしゃらないでください……」

あの頭にまで筋肉が詰まっていそうな兄なら言いかねないし、実行して本当に船酔いを克服してしまいそうだが、パーシヴァルは無茶をしないでほしい。

パーシヴァルの身だしなみはいつものようにサンドラが整え、サンドラの衣装はメイドに任せてから、船を下りる。

(風が、涼しい……いい匂いがする……)

下船したサンドラは、港町を吹く風の匂いに気づいて驚いた。海を挟んだ反対側の帝国の港町とは、風の温度も甘さも違う。やはり自分の生まれ育った国に吹く風の方が好きだと思えた。

ロイドはきちんと手配をしてくれていたようで、彼の姿はないものの埠頭には王城の騎士や使用人たちが勢揃いして、第二王子夫妻の帰国を迎えていた。

だが、サンドラたちにとって驚きだったのは、彼らが作る花道を進んだ先に待ち構えていた人の存在だった。

「おかえりなさいませ、パーシヴァル殿下、サンドラ妃殿下。ご無事で何よりでございます！」

そう言ってお辞儀をするのは、見上げるほど大きな体を持つ男。あまりにも背が高いので、彼の背中で日光が完全に遮られてしまい夏だというのに足下に濃い影を作り出している。

成人済みの騎士たちを伴って立っているのだが、周りの騎士たちが子どもサイズに思えるほどの巨漢である、彼は――

「お兄様⁉」

「ユリシーズ殿！　迎えに来てくださったのか」

「はい、サージェント男爵からの知らせを受けたもので」

ユリシーズ・エドモンズはそう言ってサンドラとパーシヴァルと握手をし、ちらっと周りに視線をやった。

「……『小さな客人』について知っているのは、私を含めたごく一部の者です。まずは移動しましょう」

「……ああ」

「ありがとうございます、お兄様」

こそっと告げられた言葉に、サンドラとパーシヴァルはうなずいた。

ストルを壺詰めにしていることはロイドも知らない情報だが、ユリシーズは何らかの方法でストルを連れていると察しているのだろう。ストルも何か感じているのか、壺入りのバッグががさがさと音を立てている。

まずは船旅の疲れを癒やすため……ということで、サンドラたちは港町の宿に向かった。そもそも高級宿だが最上階にはワンフロアを贅沢《ぜいたく》に使ったゲストルームがあり、そこに通された。

「サージェント男爵は、王城とこの町の連絡係をされておりますので、もうじき戻られるかと」

ドアを閉めたユリシーズはそう言ってから、サンドラを見てにこっと笑った。

「……無事に戻ってきたようで何よりだ、サンドラ。帝国ではいろいろあったようだが、楽しむべきところでは楽しめたか？」

「はい！　パース様と一緒にお出掛けをして……素敵な新婚旅行になりました」

サンドラが即答すると、ユリシーズは「それは結構！」と豪快に笑い、パーシヴァルとも改めて固い握手を交わした。

「殿下、妹に素晴らしい旅の経験をさせてくださり、ありがとうございました」

「なに、サンドラには普段から頼みごとばかりで、これくらいしなければ恩を返せそうにない。それに、私もサンドラと二人で過ごす時間を楽しめた」

「それは何よりです！　……さて、お二人には休憩をしていただきたいのが本音ではありますが、問題が問題ですので」

ユリシーズはそう言ってから、二人掛けソファに腰を下ろした。サンドラたちも彼の前に座り、バッグから壺を出す。

「こちらに、『小さな客人』がいらっしゃいます」

「ほう？　ではお目にかかろうか」

「ストル、私のお兄様です」

そう言ってサンドラが栓を抜くと、ストルが勢いよく飛び出してきた。彼はテーブルの上に危なげなく着地してからあたりを見回し……そして自分の予想を遥かに超える場所から見下ろしてくるユリシーズに気づき、顔を上げた彼は目を丸くした。

「むっ……これは……」

「お初にお目にかかる、妖精殿。私は、サンドラの血縁上の従兄であるユリシーズ・エドモンズだ。貴殿の名前を伺ってもよろしいだろうか？」

ユリシーズは巌《いわお》のような顔を緩め、丁寧に挨拶をした。

豪放磊落《ごうほうらいらく》でややがさつなところもある彼だが、改まった場ではサンドラが驚くほど礼儀正しい紳士へと化ける。もしやこれが従兄の本当の姿なのだろうか……？　と思ったこともあるがその日の夜に、「筋肉が欲求不満を訴えているー！」と叫びながら弟二人と一緒に高速腕立て伏せをする姿を見たので、そんなことはないようだ、と思い直していた。

ストルは、元々大きめの目をさらに丸くしてユリシーズを見つめていた。ぽかんと口を開けており、やがてその唇が小刻みに震え始めて――

「あああああ……なんということだ！　あなたからも、女王陛下の加護の力を感じる……！」

「む？」

感動で震えるストルだが、ユリシーズが首をひねるのを見てはっとした様子で咳払いした。

「つ、つい失態を……申し訳ございません、女王……陛下……？」

「私のことはどうぞ、ユリシーズとお呼びください」

ストルも、「女王陛下の生まれ変わりそのもの」とあがめるサンドラと目の前の大男の見た目があまりにもかけ離れていることに違和感を抱いたようで、サンドラとユリシーズの顔を交互に見ている。だがユリシーズが丁寧に述べると、ストルは「了解しました！」と元気よく返事をした。

「ぼくは、ストレロッツォレルでございます！」

「ストロー……レッテル？　申し訳ない、発音が難しい」

「いえいえ、あなたにとって呼びやすいのであれば、ストローレッテルでも構いません！」

「いや、それはさすがに……では先ほどサンドラも呼んでいたように、ストル殿でよいだろうか？」

「もちろんでございます！」

名前を間違えられたというのにストルは全く気にしないどころか、ユリシーズにもストルと呼んでもらえてとても嬉しそうだ。それを見て、一発で名前を正確に覚えて言えたというのに邪険な扱いを受けるパーシヴァルは、苦笑をこぼしていた。

「サージェント男爵から聞いたのですが、ストル殿はサンドラから妖精の女王の気配を感じたため、その理由と妖精の女王の足跡について知りたいとお考えになった。サンドラの従兄である私であればその理由を知るかもしれないため、レディアノールにお越しになったということでよろしいでしょうか」

「そのなんとかシャクが誰なのかは分かりませんが、そのとおりです」

ストルがうなずくと、ユリシーズは太い腕を組んだ。

「了解しました。……とはいえ私は学がない男でして、ストル殿が満足するほどの情報を提供できるとは限りません」

そこで、とユリシーズは大きな体をずいっとストルの方に傾けた。

「私は王都を発つ前に、屋敷にいる使用人に資料庫から文献を探し出すよう命じておきました。加えて伯爵領にも早馬を飛ばし、エドモンズ家の歴史に関わる資料を取り寄せさせております」

ユリシーズの言葉に、サンドラははっとした。

「……確かに、伯爵領の屋敷には古い資料庫がありましたね」

「ああ、子どもの頃にかくれんぼをしていたときに立ち入ろうとして父上に叱られた、あそこだ。あそこには、記録用の資料などが大量に保管されている。私は詳しくは知らないが、その中には伯爵領が成立した頃の記録もあるというから、文書管理責任者でもある執事であれば該当するものを探し出してくれるだろう」

ユリシーズは事もなげに言うが、サンドラは屋敷にそんな部屋があったことさえ今の今まで忘れていた。

「すごいです、お兄様……！」

「助かる、ユリシーズ殿」

「ははは！　これも次期エドモンズ家当主として、そして第二王子妃の兄として当然のことですとも！」

そこでユリシーズは、きょとんとしているストルに視線を向けた。

「資料は、王都に届けるように伝えております。そこでストル殿には、王都まで来ていただくことになりますが、よろしいでしょうか」

「もちろんです、ユリシーズ様。しかし……あの、無礼を承知で申し上げますが……」

「うん？」

「そ、その御身に触れてもよろしいでしょうか⁉」

神妙な態度でなにを言うのかと思いきや、ストルは目をきらきらさせてそんなことを言い出した。

「実は先ほどから、ユリシーズ様の体からにじみ出る女王陛下の力が気になっておりまして……サンドラ様と血縁関係にあるとのことですが、サンドラ様とユリシーズ様は女王陛下の加護の力の付き方が若干違うようでして。それで、実際にお体に触れてみたく……！」

「はは、もちろんですとも！　この世に生まれ落ちた直後、分娩台で上体起こしを始めたという私が二十六年間鍛えてきたこの筋肉を、どうぞご堪能ください！」

ユリシーズは何か勘違いしたのか嬉しそうに言い、上着の袖を捲ってたくましい二の腕を露《あら》わにした。そうしてムキィッと立派な力こぶを作ってポーズを決める兄を、サンドラはなんとも言えない目で見るしかない。

「……お兄様。おそらくストルが言っているのは、そういうことでは――」

「わあああっ！　すごい、これはすごい！　皮膚という皮膚、筋肉という筋肉から、尊き力がみなぎっているぅ！」

サンドラの突っ込みをかき消すのは、ストルの歓声。彼はその場から飛び出してユリシーズの二の腕に着地し、きゃあきゃあ興奮の声を上げながらその筋肉にぺたぺた触っていた。

「すごい、すごい！　包まれるように深いサンドラ様の加護とは違う、ほとばしるこの力！　筋肉がっ、女王陛下の愛の力に、満ちあふれている！」

「ストル……」

小さくて繊細で、壊れてしまいそうに儚い妖精のストル。そんな彼が、まるで語彙《ごい》力を筋肉に支配されてしまったかのようになってしまっている。

昔から筋肉のことになると知能指数がだだ下がりしてしまう従兄弟たちだったが、彼らの筋肉には本人だけでなく人外の妖精の様子さえおかしくしてしまう特殊能力があったのだろうか。

出発の準備が整ったので、サンドラたちは王都に向かう馬車に乗った。

そのときストル入りの壺を誰が持つかという話になったのだが、「道中、二人でゆっくりする間もなかったでしょう」というユリシーズの厚意で、彼に預かってもらうことになった。ストルも、自分をユリシーズが持つと聞いて嬉しそうにしていた。

（でも確かに、パース様と二人きりになるのは本当に久しぶりだわ……）

馬車に乗ったサンドラがそんなことを考えていると、隣に座っていたパーシヴァルがこちらに視線を向けてきた。

「ユリシーズ殿には、感謝だな。ここ最近、ずっとストレロッツォレルが近くにいて、サンドラと二人きりになる機会がなかった」

「私も同じことを思っていました。それにしても、ストルは一瞬でお兄様に懐きましたね」

サンドラとしてはストルがそばにいるからといって嫌な気持ちにはならないが、たとえ彼が壺の中にいたとしてもどうしても「近くに誰かがいる」と意識してしまい、パーシヴァルともほどほどの距離を取ってしまった。

（……ここなら、甘えても大丈夫かしら）

えいや、と思い切って体を隣に倒すと、パーシヴァルが少し体をずらして自分の胸にサンドラが肩を寄せられるようにしてくれた。

「……嬉しいな。甘えてくれるのか？」

「王都に着いたら、こうもできなくなりますから」

「それもそうだな。では今の間に、妃を独り占めさせてもらおうか」

パーシヴァルの片方の腕がサンドラの肩に回り、抱き寄せられる。彼の胸に身を預けていたサ

ンドラが顔を上げると、パーシヴァルが空いている方の手でサンドラの頬に触れ、そろり、となまめかしい動きであごのラインを撫でてきた。

「んっ……パース様」

「嫌か？」

「……嫌です」

「そ、そうか――」

「手袋越しは、寂しいから嫌です。直接触れてくださいませ」

鞭《むち》からの激甘の飴を与えられたパーシヴァルは、驚きで青色の目を見開いていた。そんな彼を見て、してやったりとサンドラは微笑む。

「私、パース様の手が大好きですから」

「……サンドラ、君はいつの間にこんなに積極的になったんだ？」

「新婚旅行に行ったからかもしれません。……積極的な女は、はしたないですか？」

「私の前だけなら、大歓迎だ」

最初はサンドラの思い切った発言に不意打ちを受けていた様子のパーシヴァルだったが調子を取り戻したらしく、にやりと笑った彼は自分の手袋を外そうとして――途中で何か思いついたようで手を止め、手袋の嵌まった手を自分の口元に寄せた。

（……どうかされたのかしら？）

サンドラはしげしげと見てしまったが、それがよくなかった。パーシヴァルが薄く口を開いて自分の手袋の人差し指先端をくわえて歯で噛み、するすると手袋を外し始める姿を、直視してしまった。

騎士団で剣を握り続けてきただけあり、パーシヴァルの手の甲は血管が浮き出ている。ただ手袋を外しているだけなのに夫の手の甲が次第に見えていくのが、なんだかとても「いけないもの」を見てしまっているかのようで、サンドラの頬にかあっと熱が上った。

パーシヴァルもパーシヴァルで、こういう動作が色っぽいと分かっているのか上目遣いにサンドラの方を見て、にやりと笑った。

「……どうかしたか？」

「どっ⁉　あ、あの、わざわざそんな外し方をしなくてもいいでしょう⁉」

「何か問題でもあるか？」

（からかっていらっしゃる……！）

完全に外した手袋を手に持ってひらひらと振るパーシヴァルは、いたずらが成功したことを喜ぶ少年のように目が輝いている……が、醸《かも》し出す色香は少年らしさからはかけ離れている。

どう見ても、サンドラがどきどきすると分かってやっている。パーシヴァルはさっぱりしているし生い立ちもあって恋愛に不慣れな面があると思っていたが、どこでこんな手腕を学んだのだろうか。ロイド……はしそうにないから、騎士団の友人か誰かか。

夫の指先に摘まれた手袋を直視するのも恥ずかしくて目をそらしそうになったが、ここでもじもじしてもパーシヴァルを喜ばせるだけだ。それは、なんだかちょっとだけ悔しい。今度は、サンドラの方から「おかえし」をするべきではないか。

サンドラはパーシヴァルの太ももに手を当てて身を乗り出した。そして彼が振っていた手袋に歯を立てて、引っ張る。

「サ、サンドラ？」

「……今度は、私をかわいがってくださいな？」

夫の手から強奪した手袋を膝の上に落として、首を傾げておねだりをする。あざとい仕草と台詞だし自分らしくもないと自覚しつつも、強気な笑みを浮かべる。

サンドラを見つめる青色の目が開かれ、ごくり、とパーシヴァルの喉が上下する。パーシヴァルの右手が持ち上がり、再びそうっとサンドラのあごのラインを撫でた。

ただ触れられているだけなのに、妙に胸の奥がぞわぞわする。甘える猫の子のように夫の手のひらに頬をすり寄せると、パーシヴァルの眉間がぎゅっと寄せられた。

「……サンドラ、それ以上かわいいのはいけない」

「いけませんか？」

「ここは、馬車内だ。……君のもっとかわいい顔を見せてくれるのは、宿に着いてからにしてくれないか」

甘さを含んだ声で希《こいねが》われたサンドラは、数秒掛けてその言葉の意図を探り——ぼっ、と頬が熱くなった。パーシヴァルの言葉の意味の見当が付かないほど、サンドラは鈍感ではない。

「……はい」

最後にもう一度、とばかりに頬ずりしてから、サンドラは夫の胸元に身を寄せた。パーシヴァルが頭上で苦笑いする声が聞こえ、そっと肩を抱いてもらう。

（なんだか、嫌な予感がする）

ストルを王都に連れていき、伯爵領の歴史について調べる。目的自体は至ってシンプルなのだが……これだけでは物事が終わらないような気がする。

だからこそ、今だけは甘えたいし、甘やかしてほしい。

皆の前では第二王子妃として頑張るから、二人きりのときはうんとかわいがってほしい。

「……愛しています、パース様」

「……私も愛している。サンドラ」

揺れる馬車内にて交わしたキスは、とろけるように甘かった。

＊＊＊

港町から王都まで、馬車で五日掛かった。

ロイドからの知らせを受けたユリシーズは、単身馬を走らせた——しかもラストスパートでは、疲弊した馬から下りて自分の足で走ったらしい——のでサンドラたちの帰国に間に合ったらしい。だが王都への道のりは第二王子夫妻と「小さな客人」、そして大量の調度品を積んだ馬車を引き連れた旅なので、あまり馬を急がせない速度で進むことになったため往路よりも時間が掛かった。

「おおおっ、これがレディアノール王国の都か！」

「はい。ロドムニア帝国とは何もかも違うでしょう？」

「はい！　あっちは昔から砂まみれだったのですが、こちらは緑豊かで空も雲が多いのですね！　昨日のアメとやらも、びっくりしました！」

馬車の窓辺に座ったストルが、興奮気味に外の景色に見入っていた。これまでストルはユリシーズに預かってもらっていたが、彼は連絡のために馬に乗り換えて先に向かったので、再びサンドラたちがストルの相手をしていた。

どうやらストルは妖精として生まれてから眠りにつくまでの間のほとんどを、ロドムニア帝国で過ごしたようだ。彼が妖精の女王と出会ったのは別の場所らしいがその土地の記憶はほとんどなく、もしかしたらそこがレディアノール王国だったかもしれないが定かではないとのことだった。

　砂漠育ちのストルにとっては、青空に雲が掛かるのも雨が降るのも目新しいことだったようだ。昨日雨が降ったときにも興奮していたし、雨上がりで馬車道に水たまりができているのを見て「あそこに飛び込みたい！」とだだをこねた。さすがに今は下車できないとなだめると、「では、はなツン。おまえがあのミズタマリを取ってこい！」と無茶ぶりをしてきた。

　宿でも豊富に水が使われるのが面白いようで、ユリシーズ曰く宿の専用浴室に行った際にストルは興奮して風呂の湯に浸かり、のぼせかけたとか。

　妖精という摩訶不思議な存在ではあるが、この旅の中で筋肉に魅入られたり水たまりに飛び込みたがったりという姿を見てきたからか、サンドラの中でストルの神秘性はかなり低くなっていた。

　馬車が王都の門をくぐる前に、ストルには壺に入ってもらった。大通りで第二王子夫妻の帰国を祝う人々が集まっているらしく、彼らに応じるために窓を開けて手を振る必要があるからだ。

「ぼくもサンドラ様とはなツンと一緒に手を振る！」とだだをこねるストルを説き伏せ、鼓笛隊が鳴らすラッパの音色の中、サンドラたちはお迎えのために沿道に集まった国民たちに笑顔で手を振った。

（去年の建国祭のときは緊張しっぱなしだったけれど、少しは慣れたみたいね）

　これも、サロン計画、帝国への訪問などの経験を経たからなのかもしれない。

　歓声を上げて国旗や手を振る民衆に応じるサンドラたちを乗せて、馬車は王城へと向かっていく。城の門が上がり、約二ヶ月ぶりになるレディアノール王城に戻ってくることができた。

「おかえりなさいませ、パーシヴァル殿下、サンドラ妃殿下」

馬車を降りたサンドラたちを迎えたのは、一足先にレディアノール王国に帰り連絡役を請け負ってもらっていたロイドだった。

「ただいま戻った。……そちらは問題なかったか？」

「はい、『お客様』のことなど、国王陛下方には報告済みです。両殿下が旅のお疲れを癒やし次第、パーシヴァル殿下には王家会議、サンドラ妃殿下にはユリシーズ・エドモンズ殿と共に資料探しを行っていただきたく」

ロイドに言われたので、サンドラたちは顔を見合わせてからうなずいた。

「私もサンドラも、今すぐで問題ない。……『客人』も、壺から出してやりたいからな」

「かしこまりました。では、こちらへ」

ロイドの案内を受け、サンドラたちは城内に入った。途中までは三人で移動したが、会議室と資料室の行き先が分かれる廊下のところで二人と別行動を取ることになり、ストル入りの壺をバッグに入れたサンドラは護衛たちを連れて資料室に向かった。

そこでは既にユリシーズが待っており、堆《うずたか》く積まれた本に囲まれた長兄はにこやかに笑った。

「おかえりなさいませ、サンドラ様。一足先にこちらに戻れたため、屋敷から取り寄せた資料の確認作業をしておりました」

「ありがとうございます、お兄様」

まだ人目があるので少々他人行儀な態度で会話をし、一般の護衛は下がり帝国滞在中から同行しておりストルのことなども知っている者だけを残してドアが閉まると、ユリシーズはむんっと腕の筋肉を膨らませた。

「……おおおっ！　どうもこの匂いには慣れない！　サンドラは平気か？」

「私は、図書館や書庫の匂いが結構好きなので平気です」

「さすが我が妹！　これだけの本や資料に囲まれながらも平然としていられるとは、たいしたものだ！」

別にサンドラがすごいのではないだろうが、サンドラをリラックスさせようとジョークを言ってくれる兄の気遣いが嬉しかったので、サンドラは微笑んだ。

使用人がお茶を持ってきて資料とは離れた場所にあるテーブルに置いてくれたので、まずはそれを飲んで休憩することにして、サンドラはストルにも出てきてもらった。

壺から出てきたストルはあたりを見回し、「本ばかりですね！」と言った。

「そういえば、この時代は本を作る技術もすごいのですね。昔は髭もじゃでさえ紙を貴重品扱いしていたというのに、ここまでの量のものを作れるようになるとは……」

「レディアノール王国では製紙産業も盛んで、まだ少々高値ではありますが一般市民でも手の届く値段で本を購入することができます」

「そうなのですね！　……人間は図体がでかいばかりの生き物だと思っていましたが、長い年月を掛ければ昔には不可能とされたことを成し遂げることもできるのですね」

ストルは、珍しくもしみじみとした口調でそう言った。

その後、サンドラとユリシーズはお茶とお菓子を味わい、ストルにもスプーンで掬《すく》った紅茶と小さくちぎったクッキーのかけらを与えた。

なおストル曰く、妖精は人間のように飲み食いをしなくても死なないが、経口摂取したものはちゃんと栄養になるそうだ。ただ人間と違い排泄の必要はないそうなので、妖精の体の仕組みは謎が詰まっている。ストルからすると、一日に何度もトイレに行かなければならない人間の体の方が不思議らしいが。

休憩が終わると、早速資料探しをすることになった。

「伯爵領の屋敷にある資料は、急ぎ取り寄せてもらっている。そちらが早めに届けば御の字ということにしておいて、まずはタウンハウスから持ってきたものとこの城内資料室にあったものから目を通していこうか」

「そうしましょう。……ストルは文字が読めないそうだから、少し暇かもしれないけれど」

「構いません！　サンドラ様とユリシーズ様の作業の邪魔にならぬよう、このストレロッツォレルは石像のごとくおとなしくしております！」

全く信用ならないが少なくとも気分は害していないようなので、ほっとした。

そうしてサンドラとユリシーズは、適宜使用人たちの手も借りながら資料を確認し、エドモンズ伯爵家の先祖と妖精の女王に何か関係がないか調べることになった。

「エドモンズ伯爵家の興りは――確か二百年ほど前ですよね」

「ああ。当時のエドモンズ領は地方の田舎に過ぎず、あまり豊かな土地でもなかったそうだ」

エドモンズ伯爵家は元々地主の一族で、当時は王領の一部だった土地を慎ましく経営していたそうだ。だがあるときから王国内が荒れ始め、あちこちで内乱の炎が上がった。

そんな王国の状況を受け、エドモンズ領の者たちは武器を手に取るようになった。地主一族による指導を受けた者たちは異様に強く、豊かな土地を狙う者たちを撃退し続けた。

噂を聞いた当時のレディアノール王が地主一族を王都に呼び、彼らに王国警備兵としての任務を与えた。

王命を受けた彼らは、非常にめざましい戦果を上げた。エドモンズ地方出身の傭兵隊は最強と言われ、国を荒らす者たちを徹底的に叩きのめしていった。

彼らの助力もあり内乱は収まり、国王は地主一族にエドモンズ伯爵家を名乗る栄誉を与え、王領だった彼らの土地がエドモンズ領として認められることになった。

つまり元々エドモンズ伯爵家は地主で、内乱鎮圧によって貴族に叙《じょ》されたのだ。だがそれ以降大きな戦が起こることはなく、エドモンズ伯爵領はこれといった名産品はないものの穏やかで、伯爵家の男児たちが筋肉体操をする平和な土地になった。

そういう歴史を知っているので、サンドラは自分の親戚がごつい野郎ばかりなのも伯爵領で過ごす平民まで筋肉質なのも、道理なのだろうと思っていた。

（でも……もしかしてこの歴史に、妖精の女王が関わっているのかしら？）

「……あの、ストル。聞いてもいいでしょうか？」

「はい、なんでもどうぞ！」

おとなしくしている、と言ったからかテーブルの上で空になったティーカップを回して遊んでいたストルがこちらを向いたので、サンドラは自分とユリシーズを交互に指さした。

「あなたから見て、私たちからはどちらも妖精の女王の気配を感じるのですよね？」

「はい！　むんむんと感じます！」

「でも、私とお兄様は全く同じではないのですよね？」

ユリシーズと初対面で彼の筋肉を触らせてもらっていたとき、ストルが「加護の力の付き方が若干違う」のようなことを言っていた。

筋肉まみれの兄と筋肉が皆無な自分が全く同じだったらそれはそれで変だし若干悲しいが、ストルにとって一体何が「若干違う」のかが気になった。

サンドラに問われたストルは、ティーカップの縁に寄り掛かって首を傾げた。

「んー、それは実はぼくも、疑問に思っているんです。確かに見た目は全然違うんですけれど、ぼくが感じる女王陛下の気配はそれとは関係ないっぽいんです」

「ないのですか？」

「多分。でもどちらかというと女王陛下の面影が濃いのはサンドラ様で、加護の力が強いのはユリシーズ様って感じです」

（私より、お兄様の方が加護の力が強い……）

ちらっと、ユリシーズの方を見る。彼は難しい資料を読むのは苦手らしく、本を開いてはうめいている。サンドラだと両手で抱えなければならない図鑑も彼の手の中では手帳のようにさえ見え、太い指でちまちまとページを繰る姿はなかなか愛嬌があると思えた。

（もしかして）

「……うちの家系に生まれた男性が全員筋肉質になるのって、妖精の女王の力だったりしますか？」

「人間には、イデンというものがあるのでしょう？　別に、女王陛下の力でなくとも当たり前のことなのでは？」

ストルはそう言うが、彼はつい最近パーシヴァルから「遺伝」という言葉とだいたいの意味を教わったばかりだ。

「確かに人間は遺伝によって性質が受け継がれていきますが、まるっきり同じということはほとんどないのですよ。普通の家系でも筋肉質な男性が生まれることはありますが、遺伝は両親からそれぞれの特徴を半分ずつもらう――つまり、筋肉質な人の子どももまた筋肉質である可能性が半分くらいでもおかしくないのです」

エドモンズ伯爵家の男児として生まれた瞬間からゴリゴリマッチョになる運命が決まっているなんて、ただの遺伝ではない。現に、よその地方から伯父に嫁いできた伯母は折れそうなほど細い体を持つ貴婦人だ。そんな彼女が男児を三人も産めば、一人くらいは痩せ型とまでいかずとも標準体格の者がいてもいいものではないか。

現在の科学で分かっていることをも覆《くつがえ》すほどの筋肉率を誇る、エドモンズ伯爵家。それだけでなく、伯爵領で暮らす男性までもが筋肉質になるという特徴もある。

幼い頃のサンドラは自分の領地しか知らなかったので、世の中の男性は全員ああいう体型なのだとばかり思っていた。おかげで生まれて初めてよそに出たときに中肉中背の男性を見て、「おねえさん」と呼んでしまった。

（これまでは、うちの領地はちょっと変というくらいだったけれど……もしかしてこれも、妖精の女王が関係しているの？）

胸がざわざわしてきたサンドラは、ユリシーズの方を見た。

「お兄様。我が家のご先祖様が爵位を賜《たまわ》るよりもずっと前のことは、分からないでしょうか？」

「む？　……そうだな。ほとんどの記録はうちが伯爵家に叙されてからのことだから……探すのは骨が折れるかもしれないな」

「だとしたらむしろ、歴史書以外の文献の方が頼りになるかもしれませんね……」

ただの地主だった一族が内乱鎮圧の功績により、伯爵位を得た。この大きな出来事の前後については多くの記述があるだろうが、それよりも前のことになるとどうしても情報量は少なくなる。

（もしかして、ご先祖様が強固な傭兵隊を構成できるほど強くなったことの背景に、妖精の女王の力が関わっているのかもしれないわ）

そういえばストルは、やけにユリシーズの筋肉に執心していた。となるとやはり、あの筋肉こそが妖精の女王の加護とやらなのではないか。

……男性をことごとく筋肉質にするなんて、女王が何をしたかったのか分からないが。

日が落ちてきたので本日の調べ物は一旦終わりとなり、サンドラはタウンハウスに戻るユリシーズを見送りに出た。なお、人目に付く場所なのでストルには壺に入ってもらっている。

「本当にありがとうございました、お兄様」

「お気になさらず。……実は明日以降は私も別件の用事があるのですが、なるべく時間を作ってお伺いできるようにします」

ユリシーズは周りの人目を気にしているからか真面目な顔でそう言ってから、大きな体をサンドラの方に寄せた。

「……頑張るのもいいことだが、無理はしないように。休めるときには休んで、パーシヴァル殿下とゆっくり過ごすのだぞ」

「……もちろんです。ありがとうございます」

サンドラのことを第二王子妃ではなくて妹として接してくれるときのユリシーズは、優しくて頼りになる兄だ。

サンドラが微笑むとユリシーズも厳つい顔を緩めて笑い、お辞儀をしてから背を向けた。なお、王城から伯爵家の屋敷までそこそこの距離があるのだが、彼は走って帰るらしい。「筋肉がいじめてほしがっている！」とのことなので、兄のしたいようにさせることにしている。

最初は普通に歩いていたが途中からうおおおおと叫びながら走っていった兄の背中を見送り、サンドラはバッグの中の壺にそっと触れてから離宮に向かう馬車に乗った。先ほどロイドが連絡を寄越してくれたのだが、パーシヴァルの方はまだ王家会議が続いているらしく、本城の方で夕食を取ってから離宮に戻るそうだ。

（デジレ様も無事にご出産されたそうだし、忙しいわよね……）

兄嫁であるデジレは半月ほど前に無事に男児を産んでおり、王都はずっとお祝い騒ぎだったようだ。サンドラたちの公務が長引かなければぎりぎり間に合ったかもしれないが、これはかりは仕方がない。

ということで、本日の王家会議ではロドムニア帝国やストルのことに加え、もうじき一般に向けて名前を公表することになっている王孫についての話をしているそうだ。デジレの方が落ち着けば、サンドラも何か兄嫁に贈り物をする予定だ。

久しぶりに戻った離宮で使用人たちに留守の間のことを聞いてから、夕食を取る。パーシヴァルがいない食卓は少し寂しいが、今回は特別にストルをテーブルに座らせていた。

「ふむ、ここがサンドラ様とはなツンのアイノスというやつでしょうか」

「……間違いではないけれど、それは誰から聞いたのですか？」

若干ひっくり返った声でサンドラが問うと、ストルは「よくぞ聞いてくれました」とばかりに胸を張った。

「ユリシーズ様です！　レディアノールにはサンドラ様とはなツンのアイノスがあるから、そこではあまりサンドラ様に無理を言わないようにと言われました！」

「……そう」

「もちろんこのストレロッツォレル、サンドラ様のアイノスを荒らしたりはしないのでご安心ください！　……ときに、アイノスとはどういう意味ですか？」

「し、新居のことですよ」

おそらくユリシーズはサンドラたちのことを思ってストルに忠告してくれたのだろうからその配慮はありがたいが、ちゃんと言葉の意味を教えてほしいところである。

離宮の者たちにはストルのことを教えているので、彼らは伝説上の生物が食卓の上に座っていても顔色一つ変えていない。まるでストルのことが見えていないかのようだが、食堂の隅に見慣れないドールハウスがあった。

どうやらメイドの一人が子どもの頃に遊んでいたものを実家から持ってきたらしく、それをストルの住《す》み処《か》にしてくれたようだ。内装もちゃんときれいにしており人形用のベッドもあるので、まさかそれが元々女児用のおもちゃだと知らないストルは「よい邸宅ではないか！」と満足そうにしていた。

ストルはすっかり気に入ったドールハウスで過ごしてくれるらしく、食堂に彼を残して後のことは使用人に頼み、サンドラは浴室に向かった。

パーシヴァルが戻ってくる前に風呂に入り、メイドたちに髪を乾かしてもらいながらほうっと息を吐き出す。

（帰ってきた、という感じがするわ）

パーシヴァルと結婚してやっと一年が経ったくらいだが、もうこの離宮はサンドラにとって

「帰る場所」になっていた。ここならゆっくりしてもいい、安心できる場所。

（パース様にとっても同じだと、嬉しいわ）

間もなく男性使用人がパーシヴァルの帰宅を告げたのでメイドたちには下がってもらい、部屋着の上にガウンを羽織ったサンドラは玄関に向かった。

玄関にはロイドの姿もあり、彼はサンドラを見て一礼してから帰っていった。帰国してからというもの彼にも無理をさせてばかりだったので、愛妻と愛娘の待つ屋敷でゆっくりしてほしいところだ。

「おかえりなさいませ、殿下」

「遅くなってすまない。……もう風呂に入ったのか。眠いのならば、先にベッドに入ってくれて構わない」

会議があったからか少し疲れた表情のパーシヴァルが気遣ってくれたものの、サンドラは笑顔で首を横に振った。

「私には、殿下の御髪を拭くという仕事がございますもの。離宮に戻ってきたのですから、また妃の役目を果たさせてください」

帝国にいる間は、パーシヴァルの身の回りのことは男性使用人に任せていた。というのも、帝国の離宮の造りはレディアノールのそれとは異なっており、男主人と女主人の身仕度の間がきっちり分かれていたのだ。

結婚してからずっとパーシヴァルの髪を拭くなどの仕事をサンドラがしてきたので少し寂しい

と思いつつ、相変わらずねぼすけな夫をたたき起こす仕事だけさせてもらっていた。

サンドラの言葉を聞いたパーシヴァルは面はゆいのか、眉を垂らして微笑んでから「そうだな」とうなずいた。

「私も、サンドラの優しい手で髪を拭いてもらいたい。では、すぐに湯を浴びるから待っていてくれるか」

「はい。湯上がり後のお茶を用意してお待ちしております」

まだここは玄関なのでパーシヴァルに頰にキスするだけの挨拶をしてもらい、浴室に向かう夫を見送ったサンドラはリビングに戻った。

（せっかくだから、帝国で買ったお茶を淹れてみよう！）

フロキアで買ったもののうち、ティナたち用のものは送るように既に手配している。きっと喜んでくれるだろう、と思いながら、帝国の文化漂う鮮やかな色の紙袋を開け、中の茶葉をポットに入れる。袋に書かれている表示を見る限り、淹れ方はレディアノールのお茶と同じでいいが味が濃いので蒸らす時間は短めにした方がよいらしい。

そうしていると、パーシヴァルが戻ってきた。元々風呂は短めな方だがそれにしても早い……と思ったら、リビングにやってきたパーシヴァルの金髪はじっとり湿っており毛先からしずくが垂れていたので、呆れてしまう。

「パース様……さすがにもう少しご自分で拭かれた方がいいですよ」

「だが、サンドラを待たせてはならないしサンドラが拭いてくれるというから……」

「だからといってお風邪を召してはならないでしょう」

メッ、と注意しながらタオルを手にパーシヴァルに近づくと、彼は従順に頭を下げた。そして「すまない、以後気をつける」と言いながらも、なんだか嬉しそうな顔をしている。いつかまた、同じことをしでかしそうである。

二人はソファに移動し、ソファに座ったパーシヴァルの後ろに立ったサンドラがふわふわのタオルで髪の水分を拭う傍ら、パーシヴァルはカップに注がれたお茶を飲んだ。

「これは……フロキアで買った茶葉か。なんとも豊かな芳香だな」

「ですよね！　私もさっき飲んでみたのですが、最初はなかなか強烈なわりに後味はすごくすっきりしているのです」

「……確かに、思ったほどしつこくない味だ」

ふむ、とパーシヴァルがカップの中をのぞき込むので、赤茶色の水面に彼の顔がゆがんで映っているのがなんだかかわいらしい。

「……会議の方は、いかがでしたか」

本格的に眠くなる前に聞いておこう、と思ってサンドラが聞くと、パーシヴァルは少し頭を動かした。

「王太子妃殿下のことについては、話がまとまった。私たちも帰国したから、当初の予定どおり五日後に王孫殿下の御名を発表されるそうだ」

王族の名前発表は王城のバルコニーで行われ、多くの人が詰めかけるらしい。王子か王女かの発表はされているので、街では新たな王族の名前が何になるのかの賭けがされるとか。

　なおサンドラは王族なので、既に甥にあたる王孫の名前がオズワルドであると教えられている。もちろん、発表の日までこの名前はロイドやアーシュラにも秘密である。

「発表の場にはサンドラにも出てもらいたいから、この日はストレロッツォレルの世話をユリシーズ殿に任せる予定だ。既にユリシーズ殿からは快諾の返事をいただいている」

「分かりました。お兄様なら、大丈夫だと思います」

「それから、そのストレロッツォレル周りのことだが。やはり国民に対して帝国絡みのことは一切伏せるということになった。……帝国から来た監視係たちを王城に留め置いており、彼らにも行動の制限を申し出た。彼らの方としては、ストレロッツォレルが勝手にどこかに行ったりしないのならば制限を受け入れるとのことだ。サンドラも、ストレロッツォレルが脱走したりしないように注意してほしい」

「はい、もちろんです」

　皇帝から、ストルを王都と港町以外の場所に行かせないと命じられているものの、それはあくまでもレディアノール王国とロドムニア帝国の間で決めたことである。ストルが絶対に約束を守るとは限らないから、彼の動向には目を光らせておく必要がある。

「それで、サンドラの方は何か進展はあったか？」

　パーシヴァルに聞かれたので、傍らにいた男性使用人が差し出した新しいタオルと湿ったタオルを交換し、乾燥したタオルでパーシヴァルの髪を撫でながらサンドラは「いえ」と答えた。

「めざましい成果はなかったです。むしろ……普通の歴史書では難しいかもしれないと思われまして」

「ほう？」

「……私、うちの伯爵領が筋肉まみれなのが妖精の女王のせいなのでは、と思うのです」

もちろん、これは推測に過ぎない。それも熟考した末に出てきたものではなくて、今日調べ物をしていてぼんやりと浮かび上がってきた仮説だ。

「だって、真面目に考えると変ですよね？　うちの領地にいるだけで男性がムキムキになり、伯爵家の男児はもれなくマッチョになるなんて」

「うん……まあ、そうだな」

「それに……私はあそこで生まれ育ったので感覚が若干麻痺しているのでしょうが、あんな特徴的な領地があればもっと噂になりそうですよね」

サンドラがつぶやくと、パーシヴァルがぐるっと振り返った。

「そういえば……前、ロイドと話したことがあるんだ。エドモンズ伯爵家の男性の体格がいいのは知っていたが、領民までとは知らなかった。だが、ここまで特徴があるのならもっと噂になってもいいのでは、と」

「……これって、まるで」

意図的に、隠されていたかのようではないか。

人知を超えた存在によって、伯爵領の秘密が守られているかのように。

サンドラとパーシヴァルはしばし互いを見つめ合い、うーん、と唸った。

「……まさかの、エドモンズ伯爵家が妖精の血筋だったということか。いや、伯爵領に住む男性全員が対象というのならばむしろ、伯爵領に秘密があるのではないか？」

「そうだとしても、ストルを連れて調べに行くことはできませんしね……」

サンドラたちは、王都の中で成果を出す必要がある。もし伯爵領そのものにストルが求めるものの答えがあったとしても、彼を連れて行くわけにはいかないのだ。

そこでパーシヴァルが、何か思い出したように顔を上げた。

「そういえば、王城の地学資料室には王国内の様々な地方の地質サンプルがあると聞いたことがある」

「地質サンプル？　……地面の土などのことですか？」

「ああ。地学者によれば、土を調べるとその地方の歴史や植生などが分かるらしく、研究の材料として保管されているんだ。そこにエドモンズ伯爵領のものがあれば、わずかながらでも女王の気配とやらが感じられるかもしれない」

「……なるほど。現地には行けないけれど、そのサンプルをストルに見せるという手はありますね」

無論、「これはサンプルであり、伯爵領本体に行くことはできない」ということは事前にきつく念押ししなければならない。だがうまくいけば、ストルをかなり満足させることができるのではないか。

「……地学資料室、お訪ねしてみたいです」

「ああ、閲覧の手配をしておこう。……それから、歴史書以外の資料も探る必要がありそうだから、王立図書館の司書にも依頼するのはどうだろうか。本題については伝えられなくても、第二王子妃が自分の出身地に関する資料を探しているということであれば、不審がられないだろう」

「それはありがたいです！　是非ともお願いしたいです」

「ああ、明日の朝すぐに連絡をしよう」

そこでパーシヴァルは、空になったカップをテーブルに置いてふっと笑った。

「……よかった。サンドラの明るい顔を見られた」

「私、そんなに暗い表情をしていましたか？」

「暗いというより、思い詰めたような顔だったな。……帝国やストルのことでやらねばならないことは多いが、君一人が負い込むことはない。もはやこれは私たちだけの問題ではなくて、レディアノール王国が解決するべきことなのだから」

「……」

「ここだけの話だが。……兄上はあれでなかなかちゃっかり者で、これを機に帝国と有利な関係を築けるのではと期待されているようだ」

父上や母上は呆れていたがな、とパーシヴァルは笑った。

「あの堅物の兄上にしてはなかなか攻めた思考だと思ったが、よい方向に物事を考えるのはいいことだ。それに、兄上の頭に成功しかないわけではない。最悪の事態ばかり考えて心を病むより、最善の道を理想として掲げながら進むのは精神安定の面でもよいことだと思う」

「……理想として、掲げる」

それは、単純ではあるものの盲点だった。

なんとかしなければ、と必死になるのも仕方のないことだが、「もし全てがうまくいけば」という理想を抱くのは悪いことではない。このおかげで前を向けたり、失敗してもくじけずに進もうと思えたりもするのだから。

王太子もパーシヴァルも王族として、その案配はよく分かっているはず。サンドラも、もっと理想を夢見た方がいいのかもしれない。

「……そう、ですね。あまりにも考え込んだら、疲れてしまいます」

「そうだろう。……ああ、髪も乾いたな。ありがとう、サンドラ。今日のやるべきことは全て終わったし、よく眠れそうだ」

「それはよろしゅうございました」

「……だが、な。もしサンドラさえよければ……一緒に『夜更かし』をしないか？」

タオルを畳んで使用人に渡したサンドラの耳に、甘い声が注がれる。いつの間にかソファから立ち上がって背もたれに肘を引っ掛けるような格好でサンドラの方に身を寄せていたパーシヴァルのいたずらっぽい「お誘い」に、サンドラの首や顔にかっと熱が集まる。

パーシヴァルの言う「夜更かし」が徹夜でカードゲームをすることやおしゃべりをすることなのではないことくらい、サンドラは分かっている。彼と結婚して、もう一年も経っているのだから。

「これからしばらく、忙しくなるだろう。だから無理は言えないが……離宮に帰ってきてやっと、安心できた。この安心できる場所で、愛しい妃の温もりを感じて夜を過ごしたい」

「っ……」

「いいか？」

なんて返そう、と焦っていたサンドラだが、そんな彼女を案じるかのように問われてつい小さく噴き出してしまった。

パーシヴァルは王子であり、サンドラの夫である。サンドラにとって彼の命令は絶対なのに、パーシヴァルはサンドラに命令することはない。それどころか、もっとガツガツ貪欲になってもいい場面でもこうしてサンドラの気持ちを聞いてくれる。

それが嬉しくて……たまらなく愛おしかった。

サンドラは振り返り、パーシヴァルの首に腕を回してぎゅっと抱きついた。

「もちろんです、パース様――私の旦那様」

「サンドラ……」

パーシヴァルの瞳に炎が宿り、いつもより少しだけ荒々しく唇が重ねられる。

――今日の入浴の際、サンドラは旅行先で買った入浴剤を使ってみた。バザールで、パーシヴァルに気づかれないようにこっそりと買った品で――この包装紙を見たメイドたちがきゃっきゃとはしゃいだそれには、「あなたの恋を叶える、魔法の肌に」というフレーズが書かれていた。

（私はずっと、パース様に恋をしている）

どこか蠱惑《こわく》的なこの香りと――サンドラの想いはきっと、パーシヴァルにも届いているはずだ。

あなたを愛しています、と。

＊　＊　＊

パーシヴァルはすぐに動いてくれたようで、地学資料室訪問の許可が下りたのは、翌日の午後のことだった。

あいにくパーシヴァルは公務と会議で多忙で、ロイドもそのお供をすることになっている。よって、サンドラの補佐役としてアーシュラが付き添ってくれることになった。

「お忙しい中ありがとうございます、アーシュラ様」

「何をおっしゃいますか。わたくしの方こそ、久しぶりにサンドラ様のお手伝いができて嬉しゅうございますよ」

王城に向かう馬車の中でアーシュラはしっとりと微笑み、サンドラのバッグに視線を落とした。

「……そちらに、『例のお客様』が？」

「はい。資料室に着いたら人払いをして、出てきてもらおうと思っています」

「なるほど。夫から聞いてはおりますが、まさかこの時代でも妖精を見られるとは思っておりませんでした」

いつも落ち着いているアーシュラだが、その目はきらきらと輝いている。

ストルのことを誰に教えるかということは昨日の王家会議でも議題に上がったそうだが、ロイドの妻でありサンドラの補佐役でもあるアーシュラには伝えた方がいいだろうということになったという。

今後帝国との問題が解決するまで、どうしてもロイドは王城にこもることになってしまう。となるとアーシュラも事情を知っておいた方が臨機応変に動き、サンドラのサポートをしやすいだろうということだ。

「……私や兄の前では従順なのですが、何と言いますかとてもマイペースで……失礼なことを言うと思いますが、大目に見ていただければ」

「お気になさらず。多少のことでいちいち表情を崩すほど柔《やわ》ではございませんので」

アーシュラは、自信満々に言った。

やがて馬車は本城に到着し、サンドラたちはそこで待機していた研究者たちの案内を受けて地学資料室に向かった。

地学に限らず資料室や研究室などは全て王城の一角に集められており、サンドラも建物の前を通ったことはあるが足を踏み入れるのはこれが初めてで、石造りの廊下のすんっと冷えるような少し埃っぽいような匂いに、好奇心でつい胸がときめいてしまった。

地学資料室は、廊下を進んだ先の半地下にあった。鉄製の大扉を開いた先はホールになっており、研究者は「資料室はこちらです」と奥の部屋に通してくれる。

資料室内にはいくつもの棚が設置され、そこにはガラス瓶や立体地図模型、植物の乾燥したようなものが置かれている。壁には温度計があり、それが示す室温は外気よりずっと涼しい。貴重なサンプルが傷まないよう、一年中通して快適な温度と湿度を保てるようにしているそうだ。

「妃殿下は、エドモンズ伯爵領の資料をお探しとのことですね」

白衣を纏った研究者に問われたので、サンドラはバッグをそっと手で押さえつけながらうなずく。

「ええ。土壌や植物などのサンプルをできるだけ多く拝見したくて」

「かしこまりました。では、こちらに」

どうやら室内の棚は地方によってざっくりとした区分けがされているようで、エドモンズ伯爵領の資料は「王国東部」の棚の一角にあった。

（瓶に入った土と、植物と……これは？）

「こちらも何かのサンプルですか？」

「ああ、それは……確か先代伯爵が若かりし頃に持ってこられた物体です」

瓶の中に明らかに土でも植物でもない、赤褐色の石のようなものが入っていたのでサンドラが問うと、資料一覧表を捲った研究者が若干気まずそうに言った。

「先代伯爵閣下が、伯爵領に転がっていたものを城に持ってこられたそうです。『いつか価値が分かるかもしれないから、置いておいてくれ！』とだだをこねて面倒だったので、当時の室長が渋々保管することにされた、とのことです」

「……祖父が申し訳ございません」

なお祖父はサンドラが子どもの頃に引退して、「この筋肉を満足させる相手を探す旅に出てくる！」と豪語して屋敷を飛び出して以来、帰ってきていない。だが祖父の行方は誰も全く気にしていないし、夫が行方不明になった祖母でさえ田舎で優雅に暮らしているという。

ただ五年に一度ほどの頻度で、馬鹿でかい動物の毛皮や牙などが無記名で送られてくるので、多分これが祖父からの贈り物なのだろう、ということにしている。

祖父が残していった謎の物体も数えると、サンプルは五つになった。これくらいあれば、ストルも何か気づくのではないか。

当然ストルの姿を研究者に見せるわけにはいかないので、必要なサンプルだけを持って別室に移動し、絶対にサンプルを傷つけたりしないと約束した上で退出してもらった。

部屋の中にサンドラとアーシュラだけになったところで、サンドラはバッグから壺を出す。

「ストル、出てきてくださいな」

「待ちくたびれました！」

すぽん、と出てきた光り輝く妖精がテーブルに着地すると、アーシュラが「まあ！」と声を上げた。

「本当に、この目で妖精を見られるなんて……」

「サンドラ様、この人間は何者ですか？」

「彼女はサージェント男爵夫人のアーシュラ様です。私の……ええと、お友だちです」

「お初にお目にかかります、妖精様。アーシュラ・ギャヴィストンでございます」

アーシュラが丁寧に挨拶をするがストルは「そうか」とだけ言い、テーブルに並べられたサンプルの方に歩いていった。

「それで、これらがサンドラ様とユリシーズ様の故郷のものであると？」

「ええ。この二つが土で、この二つが領地に生えている植物が乾燥したものです」

ラベルによると、瓶詰めの土はそれぞれ約五十年前と二十年前に採取されたもので、植物は片方が広葉樹の樹皮、もう片方は山に成る木の実だそうだ。

ストルは興味津々の様子で瓶の間を歩き、小さな拳でコンコンと瓶を叩いた。

「もっとよく確認したいな……。サンドラ様、蓋を開けてもらえますか？」

「中には触れないでくださいね」

そう忠告してから、サンドラはまず五十年前の土の瓶の蓋を開け――その途端、ストルはぱっと飛び上がってサンドラの手にへばりついた。

「こ、これは、わずかながらですが女王陛下の力を感じます！」

「土から、ですか？」

「そこの人間、貴様に問われる筋合いはない」

「アーシュラ様にもちゃんと返事をして差し上げてください。……土から、妖精の女王の力を感じるのですね？」

軽くメッとしてからサンドラが重ねて問うと、ストルはうなずいた。

「そうです。……もう一つの方は？」

「二十年前です。こちらも開けてみましょうか」

続いてサンドラが二十年前の土の瓶を開けると、ストルは「おおっ！」と声を上げた。

「こちらの方がより強く残っております！　ああ、なんということだ、女王陛下……！」

ストルは瓶に抱きつくような格好になり、さめざめと泣き始めた。

続いて樹皮の瓶と木の実の瓶も開けたが、これらからも女王の力を感じたそうで、得体は知れないものの祖父が持ってきたという物体が入った瓶の蓋も開けると、ストルは「むっ？」と興味深そうにのぞき込んだ。

「サンドラ様、これは一体？」

「ええと……これを持ってきた祖父本人もよく分からない謎物体だそうです」

「ふうん？　……む？　こ、これは……！」

瓶の口から中をのぞき込んでいたストルがいきなり大声を上げたので何事かとサンドラとアーシュラが目を見開く中、ストルが瓶の中に体を突っ込ませようとしたため慌ててサンドラがストルを引き剥がし、アーシュラが瓶を引っ張る羽目になった。

「ちょっ、どうしたのですか⁉」

「これは、謎物体などではない！　女王陛下の血の結晶そのものだ！」

「……ええっ？」

きょとんとするサンドラたちだが、テーブルにぺちゃっと潰れたストルはぽろぽろ涙を流し始めた。

「ああ……女王陛下は、彼の地で命を終えられたのですね！　そしてその尊き血を大地に与えられたと……そういうことなのですね！」

「えっ？　えっ……どういうこと？」

　ぐすぐす泣くストルをなだめるのに時間を要したが、しばらくして落ち着いた彼が言うことには、妖精の女王はその力と血をエドモンズ伯爵領に与えたのではないかということだった。

「ユリシーズ様から聞いたのですが、サンドラ様たちの故郷では男性がムキムキマッチョとやらになる風習があるそうですね」

「風習というか……もはや呪いだけれど……」

　さては、とサンドラは目を瞬かせる。

「それってやっぱり、妖精の力だったの？」

「そうだと思われます！　ぼくが眠りにつく前にも、人間に血を与える奇特な妖精がおりました。はなツンの先祖にもチンケな妖精が血を与えたようですし、サンドラ様やユリシーズ様もそうなのだろうと思っておりましたが……さすが、女王陛下！　一人の人間ではなくて、大地そのものにお力を与えるなんて……このストレロッツォレルのような矮小《わいしょう》な妖精ではとうてい為しえられぬことです！」

　そこからストルは女王陛下を賛美する言葉を延々と吐き始めたので、サンドラはアーシュラとこそこそと言葉を交わす。

「……つまり、うちの領地全体に妖精の女王の力が備わっていると？」

「そういうことのようですね。伯爵家の男性が筋肉質になるというだけならばレディング家とほぼ同じですが、その土地に住む男性も全員となると話は別ですからね」

確かに、エドモンズ伯爵家の男性たちは揺り籠から墓場まで筋肉の運命を辿るが、伯爵領で暮らす男性たちは領内にいる間は筋肉が育つが、別の土地に移動すると筋肉の成長が止まると聞いたことがある。

（妖精の女王は私の先祖ではなくて、領地全体に自分の力や血を注ぎ込んだ？　だからうちの家系や領地は、筋肉まみれになっている……？）

にわかには信じがたいが、ストルの言うことを信じるならそういうことになる。

その後、サンドラたちは「これを持って帰りたい！」と女王の血の結晶入りの瓶に抱きついてだだをこねるストルをなんとか説き伏せ、資料室を後にした。部屋の外にいた者たちは室内でのわずかな声は聞こえていたようで、「ずいぶん盛り上がってらっしゃいましたね……」とサンドラとアーシュラの顔をちらちら見て言った。

＊　＊　＊

地学資料室訪問により、エドモンズ伯爵家ではなくて、領土全体に妖精の女王の加護の力が備わっているようだという仮説が立った。

翌日、サンドラはストルをユリシーズに預けてパーシヴァルと一緒に王立図書館を訪問することになった。

資料室の方は普段から訪問者があるわけではないので事前の予約が必要だったが、王立図書館の方はそこまでする必要がない。そもそもこちらでの調べ物にはストルを連れていく必要がないので、貸し切りにするまでのことでもなかった。司書も、サンドラの故郷について調べたいと申し出ると特に不思議がる様子もなく、快く中に通してくれた。

図書館はエドモンズ伯爵領にもあり蔵書数はなかなかなものだったが、あそこは一般開放されているということもあって「効率重視」だった。書架一つ一つは高さが低めで、一番上の棚に置かれているものでもサンドラが背伸びをすれば手が届いた。掃除はされていたものの土足で立ち入るということもありどうしても汚れはつきものだったし、本棚や壁もどちらかというと暗めの色だった。

だがこの王立図書館は「魅せる」用途もあり、非常に豪華な造りになっていた。天井は高くて楽園の様子を描いたフレスコ画が広がっており、天国の門をイメージしたと言われるアーチ状の飾りや重厚な柱、石膏製の像まで置かれている。建物の内部は白や青など爽やかな色で統一されており、移動式のはしごでさえ真っ白で天界の雲をイメージした装飾が付いていた。

レディアノール王国が誇る美麗な建造物は数多くあるがこの図書館もその一つであり、本を読みに来る者だけでなく、この美しい図書館を見学する者も少なくないそうだ。

「まあ……もしかして、サンドラ様ですか？」

サンドラが書架の間を歩いていると、声を掛けられた。見ると、ドレス姿の貴婦人たちがいた。

(あっ、この方々は確か……)

「ごきげんよう、皆様。先日はわたくしのサロンにお越しくださり、ありがとうございました」

サンドラが笑顔で挨拶をすると、貴婦人たちは嬉しそうにうなずいた。

「はい、あのときはとても素敵な時間を過ごせました!」

「次回のサロンも、楽しみにしております」

「ありがとうございます」

貴婦人たちの言葉に、サンドラの胸が温かくなった。

彼女らは、サンドラが初めてサロンを開いたときの参加者だった。国王からの「宿題」として
サロン開催を命じられた日のことが、もうずっと前のように思われる。

(せっかくこうして好感触を得られたのだから、帝国絡みの問題が解決したら絶対に、サロン第
二回目を開かないと!)

サンドラが自分の心にメモをしたところで、書架の間からひょこっとパーシヴァルが顔をのぞ
かせた。

「サンドラ、司書に資料の手配を……おや?」

「まあっ。ごきげんよう、パーシヴァル殿下」

第二王子の姿を見た貴婦人たちがそろってお辞儀をしたので、夫と彼女らの間にさりげなく割
って入りながらサンドラはパーシヴァルに笑みを向けた。

「この前のサロンに来てくださった方々です」

「ああ、そういうことか。その節は妃が世話になった」

「そんな、滅相もございません！」

「わたくしたちこそ、妃殿下のサロンに参加できてとても楽しかったです！」

「あれから体の調子もよく気分も爽快でいいことばかりで、わたくしたちの方こそサンドラ様にお礼をしなければと思っており……」

　貴婦人たちが言ったため、はっとしてサンドラはパーシヴァルの方を向いた。彼も何か思うところがあったようで、小さくうなずいた。

（もしかしたら、手を貸してくださるかも……！）

「あの、でしたら皆様にご相談したいことがございまして」

「まあ、何ですか？」

「なんでもおっしゃってください！」

「ありがとうございます。……実は私はある用事のため、故郷のエドモンズ伯爵領について調べているのです」

　帝国とかストルのこととかまでは言えないが、ここまでは司書にも説明しているので貴婦人たちに教えても問題ない。

　それを聞いた貴婦人たちが、興味深そうに目を丸くした。

「まあ。それは、地理や歴史などですか？」

「いえ、むしろ他の分野について調べたく……。芸術やその他の記録などで、何か心当たりがあればお伺いしたいのですが」

サンドラが聞くと、貴婦人たちは互いの顔を見合わせた。

「芸術など……ですか」

「そういえばわたくしこの図書館で昔、王国各地で作られた古い民話や歌についての資料を読んだことがあります」

「それなら、あのあたりではなくて？　わたくしも、よく古い詩集を読みますの」

どうやら、何かしらの手応えはあったようだ。

どきどきする胸を抑えながら、サンドラは微笑んだ。

「ありがとうございます。では、そちらに行ってみます――」

「あら、こういうときこそわたくしたちの出番ですよ」

「そうそう。わたくしたち、よくこの図書館で時間を過ごしておりますの」

「詩歌や民話のことでしたら、わたくしにお任せくださいませ」

口々に言う貴婦人たちは、とても心強い。パーシヴァルも、感心したようにうなずいた。

「それは、非常にありがたい。司書にも頼んでいるが、人の手は多ければ多いほど作業が捗《はかど》る」

「……そうですね。お時間がおありでしたら、協力をお願いしたいのですが」

「もちろんです！」

「むしろ、今日は急ぎの用事もなかったのです」

「こうして王子殿下ご夫妻のお力になれるのであれば、臣下としてこれ以上の幸せはございません！」

貴婦人たちは決してお世辞で言っているわけではないようで、目がきらきら輝いている。彼女たちが心から、サンドラたちの力になりたいと思っており……それだけでなく、本を読むのが好きだという気持ちも伝わってきた。

「では、どうかよろしくお願いします。エドモンズ伯爵家が爵位を得るよりも前——二百年以上前の資料があればいいのですが」

「かしこまりました。では、行って参りますね」

そう言って貴婦人たちは、ドレスの裾を優雅に捌きながら書架の波に消えていった。サンドラ一人ではどこに行こうかと右往左往してしまいそうだが、彼女らの足取りに迷いはない。やはり、慣れている者の助力はとても心強い。

そうしていると司書に呼ばれたので、読書用スペースに向かった。ゆったりとしたソファに座ると、まずは図書館にある蔵書に関する資料を渡された。

「……やはり、エドモンズ家が爵位を得た後ならばともかく、それよりも前となると文献数が一気に減るな」

「有名になってから資料を集めるものですから、それよりも前のものが集まらないのは当然のことですね」

エドモンズ家は元々、一介の地主に過ぎなかった。平民に毛が生えた程度で貴族ではないから当然、その頃のデータはほとんど残っていない。

地学資料室で得た情報から、妖精の女王がエドモンズ伯爵領全体に加護の力を与えたようだということが分かった。そこで次になぜ女王がそのようなことをしたのかについて知りたいのだが、「エドモンズ伯爵領に妖精がいた」という記録さえ残っていないのだから、歴史書などで調べるのはほぼ望みがないだろう。

(お兄様が持ってきてくださった資料も、ほとんどのものが伯爵家になってからのものだったわね……)

エドモンズ家が地主だった頃の記録は至って簡潔で、その年に起きた出来事を淡々と記しているだけだった。そこには当然妖精の「よ」の字もないので、参考にならない。

(せめてもう少し年代を絞れたらいいけれど、そのへんはストルも曖昧らしいし……)

残念ながらストルの記憶に頼ることはできそうにないので、しらみつぶしに探すしかない。

パーシヴァルや司書、貴婦人たちの手を借りつつ書物を読んでいったのだが、本日はこれといった収穫がないまま離宮に戻る時間になってしまった。

手伝ってくれたことに礼を述べるサンドラに、貴婦人たちは「こちらこそ、探すのも楽しかったですよ」「見つかるといいですね」と答えてくれた。

……ただ彼女たちから離れたところで一人の貴婦人が、やけに熱心な様子で本を読み込んでいる姿が見えた。

＊＊＊

サンドラたちが図書館に行った三日後、予定どおり王太子ゲイブリルと妃デジレの間に生まれた王孫の名前が発表されることになった。

王家の慣習に従い王孫オズワルドの名前が大きな旗に記され、バルコニーに集まった国民たちの前で広げられる。それを最前列で見た者が「オズワルド殿下だ！」と後ろにいる者たちにも名前を教えてゆき、やがて「オズワルド殿下、万歳！」の声が王城に響いた。

お披露目の後で、パーシヴァルは兄王太子と話すことがあるとのことで本城に残ることになり、サンドラはお付きを連れて離宮に向かった。離宮にはユリシーズを呼んでおり、ストルの相手を頼んでいた。

（お兄様は快く受けてくださったけれど、なるべく早く戻らないとね）

そう思いながら離宮の玄関に戻ってきたサンドラを、女性使用人が呼び止めた。

「オールストン男爵夫人からお届け物がございます」

「オールストン男爵夫人？」

一瞬それが誰のことか分からなくてきょとんとしてしまったが、使用人が差し出した小包とそれに添えられたカードを見てはっとした。

（あっ！　先日王立図書館でお会いした方で……確か、最後まで本を読み込んでいらした方だわ！）

熱心に本を読む小柄な貴婦人の姿をはっきりと思い出したサンドラは、カードに「心当たりのある書籍を、見つけました。司書の許可を得たので、お送りします」と書かれているのを見てどきっとした。

（もしかしてあの後も、書籍を探してくださったのかしら……！）

念のために使用人に小包を開封させると、緩衝材にくるまれた本が出てきた。古びた紐綴じの小冊子で、表紙には「緑と青の物語」と流麗な字体で書かれている。ざっと中を見たところ、詩集のようだ。

（これに、大昔のエドモンズ伯爵領に関するものが……？）

よく見ると、ページの間に何かが挟まっている。それは小さく切った紙のようで、サンドラはそのページを開いてみた。

（これは……愛する女性に捧げる詩？）

一度全体を読んだときの感想としては、そんなものだった。作者名は不明で、出身地が「エドモンズ地方」となっている。エドモンズ伯爵領は爵位を賜るよりも前はエドモンズ地方と呼ばれていたそうだから、何かしらの手がかりはあるのではないだろうか。

「アン……という女性に宛てた愛の詩？」

詩には一度だけだが、「アン」という名が出てきた。昔からレディアノール王国のみならず多くの国で愛される、女性の名前だ。

ふむ、と考え込みながら、サンドラは詩集を手に階段を上がった。ユリシーズを待たせている応接間の近くに行くだけで、彼の陽気な笑い声が聞こえてきた。どうやら、ストルとはよい時間を過ごせているようだ。

「ただいま戻りました、お兄様、ストル」

「おお！　おかえり、サンドラ！」

「おかえりなさいませ、サンドラ様！」

応接間のソファにユリシーズ、彼の正面のテーブルにストルがおり、二人は笑顔でサンドラを迎えてくれた。

「聞いてください、サンドラ様！　ユリシーズ様は本当に博識で、これまで知らなかったことをたくさん教えてくださったのです！」

「まあ、そうなのですね。例えばどんな？」

「ここの部分が僧帽筋、ここが大胸筋、そしてここが、三角筋！　合っていますか、ユリシーズ様？」

「見事ですぞ、ストル殿！　正解です！」

小さな体でムキッとポーズを決め、自分の体の筋肉を指さしながら言うストルに、手を叩いて大絶賛するユリシーズ。妖精に何を教えているのだ。

（……っと。それはいいとして――）

「お披露目に関しては、問題なく終わりました。……それから、先ほど知人から参考になりそうな書物が送られてきました」

「ふむ？　それは例の、妖精の女王に関するものか？」

ユリシーズが言うと、フンッフンッと様々なマッスルポーズを決めていたストルは「何っ⁉」と飛び上がった。

「女王陛下の⁉　そ、それはどのような書物ですか⁉」

「まだそうと決まったわけではないですが……これはどうやら、エドモンズ家が伯爵位を賜るよりも前の時代に領内で作られた詩のようですね」

「くっ……読めない！　ユリシーズ様、これは一体⁉」

「ふむ……」

サンドラが広げた詩集にかじりつきつつも悔しそうにするストルの上からユリシーズがのぞき込み、詩の文面を目で追っていく。

「アン、という女性に捧げる愛の詩のようだな」

「ア、アンですって⁉」

「ストル、心当たりが？」

サンドラが問うと、ストルは首がもげそうな勢いで首肯《しゅこう》した。

「それは畏れ多くも、女王陛下の愛称でございます！　……ここだけの話ですが、女王陛下のご本名はアンネロレッティルスメルダ陛下であらせられます」

ストルがまるで国家機密でも口にしているかのような真剣な顔で、しかも小声で言うので、サンドラとユリシーズは互いの頬がくっつきそうな距離でストルの言葉を聞く必要があった。

（……ストルもそうだけれど、妖精の本名って長いし私たちには発音が難しそうなものばかりなのね）

　パーシヴァルならばともかく、サンドラは一度聞いただけで女王の名を覚えられる自信がなかった。

「それで、女王の愛称がアンなのですか？」

「そ、それはそうですが、本来ならばぼくのような末端妖精では呼ぶことも許されぬものでして……そもそも妖精はたやすく愛称を呼ばせたりしません。サンドラ様たちには若干発音が難しいようですが、本名で呼び合うのが常識です。ぼくだって……サンドラ様やユリシーズ様以外の人間には、ストルという愛称で呼ばれたくないです」

　そう言うストルは何やら不満げだ。サンドラやユリシーズ以外の者にストルと呼ばれることを想像するだけで、嫌な気持ちになるということだろう。

（この詩の作者は、愛する女性の名前をアンと呼んだ。ありふれた名前ではあるけれど……もしかするとこれは、妖精の女王のことを示すのかもしれないのね）

　そうだとすると、妖精の女王はこの詩の作者に、長い本名ではなくて短い愛称で呼ぶことを許したということになる。ストルでさえこの様子なのだから、妖精族の頂点に立つ女王であれば、生半可な気持ちで愛称呼びを許したりはしないだろう。

　遥か昔のエドモンズ地方で暮らしていた人間が、妖精の女王に宛てて書いた愛の詩。

（といってもこれは恋愛というより、親愛の情に近そうね）

燃えるような愛とか激しい恋とかではなくて、妖精の女王と思われる「アン」と過ごした日々を懐かしみ、彼女への深い信頼の情を綴った詩。内容を見るに、作者である男性は元々あまり体が強くなかったようで、「アン」のおかげでやりたいことを果たせた、「アン」に感謝している……と記されていた。

（……待って。そういえば――）

「お兄様、伯爵家が叙爵するよりも前の資料、ありましたよね？」

「ああ。ストル殿の話し相手をしつつ調べ物をしようと思っていたので、持ってきている」

ユリシーズがそう言って使用人に指示を出すと、すぐに資料を持ってきてくれた。彼は大きな手でそれらを探り、「これだ」と古びた記録書を引き抜いた。

サンドラに見せてくれたそれは、エドモンズ伯爵家の祖先に関する記録。遥か昔のエドモンズ領は土地が痩せており、これといった特産物もなかった。当然、民たちも痩せて健康的ではなかっただろう。だが今から約二百年前に王国で内乱が起こった頃には、屈強な傭兵隊を構成できるほどの変化を見せた。

そして件の詩が作られたのが、今からだいたい二百五十年前である。

（もし、名前の残っていないこの詩の作者が、私たちの先祖だとしたら？）

「……もしかして、私たちのご先祖様が妖精の女王と懇意になり、女王の加護によってエドモンズ領が生まれ変わったのでは？」

「生まれ変わった？　どういうことですか、サンドラ様」

サンドラは近づいてきたストルを手のひらに乗せ、記録書の方に引き寄せてやった。

「ずっと昔のエドモンズ領は、土地が痩せていたのです。土地が痩せていれば、民たちも不健康になる。ですが今のうちの領は目立った特産物はないけれども、土地はよく肥えていて住民たちも健康です」

「……そういえば子どもの頃、別の領地に初めて訪問した際には驚いたな。私の知っている男性は皆筋骨隆々だったからよその者たちが棒きれのように見えたし、病院の数がやたら多かった」

ユリシーズのつぶやきに、サンドラも思い出した。

エドモンズ伯爵領は、病院や薬屋が少ない。理由は単純明快、利用者が少ないからだ。

これもサンドラが大人になってから知ったのだが、よそと比べてエドモンズ伯爵領は病死者数が圧倒的に少ない。さすがに事故や怪我は防ぎようがないが、いわゆる風邪とか発熱とか吐いたとか下したとか、そういう症状についてほとんど聞かなかった。王国内でちょっとたちの悪い風邪が流行ったときも伯爵領は平和そのもので、風邪が流行していたことを後で知ったくらいだった。

「もしかして、エドモンズ領の人々が健康なのも妖精の女王のおかげなのかもしれませんね――」

そう口にしたときにふと、サンドラの脳裏にとある光景が浮かび上がった。

ベッドに横になる人間の男性と、その傍らに寄り添う小さな女性――妖精の女王。生きているのか死んでいるのか分からない、穏やかな表情で目を閉ざす男性の手を握り、妖精の女王は祈りを捧げている。

――どうか、この人の愛した大地が、豊かになりますように。

――どうか、この人の子孫が、この人が守った土地に生きる人々が、健やかに過ごせますように。

妖精の女王の体が、ぽうっと光を纏う。ストルが放つ青色の光に似た、だがそれよりもずっと強い金色の光が女王と男性の体を包み込み――サンドラははっとした。

（これは……？）

まるで雷鳴のごとくひらめいた光景に、サンドラ自身が驚いていた。これは自分の空想なのか、それとも遥か昔に実際に起きたことで――サンドラに残っているという妖精の女王の面影が見せてくれたものなのか。

（でも……これなら、いろいろなことの説明がつくわ）

「……私たちのご先祖様は、妖精の女王と親しくしていた。彼は若くして死ぬことになり、妖精の女王は祈りを捧げた。自分の力で、エドモンズ地方を豊かにしたい。彼の子孫を守り、この土地に生きる人々に健やかな体を与えたいと――」

サンドラが滑らかに告げるのを、ユリシーズとストルが驚いた顔で見ていた。だがストルは飛び出して、「なんと！」と声を上げた。

「も、もしかしてサンドラ様は、女王陛下のご遺志を受け取られたのですか⁉」

「……分かりません。でも、急に頭の中に浮かんできて」

「……女王陛下はぼくのような末端妖精ではとうてい及ばない、素晴らしい力をお持ちでした。女王陛下がサンドラ様のおっしゃったようにお力をエドモンズ領に注ぎ、長い時を経てサンドラ様にご遺志をお告げになったということも十分考えられます！」

「……なるほど。だから、我々伯爵家の人間だけでなく土地で暮らす者にもその恩恵が与えられたのか」

　丸太のような腕を組み、ユリシーズが唸る。

「妖精の女王は、詩の作者でもある私たちの先祖と心を通わせていた。その男性は体が弱かったということだから、女王の力により領地で暮らす人間——とりわけ男性に健康的な肉体が備わるようになった、ということか」

「女王がご先祖様を愛していたのなら、お兄様やお父様たちにひときわ強い加護の力が与えられるのも分かる気がしますね」

　一体どこまで女王が調節したのかは分からないが、一般男性は領地を離れると筋肉の成長が止まるのに対して、サンドラの父や伯父、従兄弟たちはどこで暮らそうと筋肉盛り盛りに育った。女王の力はエドモンズ領に与えられ、かの詩の作者の子孫である伯爵家の男性にはひときわ強い加護が与えられたということなのだろう。

「……そういえば、伯爵家直系は女性が生まれにくいといわれていますよね？」

「そうだな。サンドラの前に女児が生まれたのは何十年も昔だったとされる。それも、妖精の女王の力によるものなのだろうか？」

「……あり得ますね。エドモンズ家に女王陛下の強い加護の力が与えられた結果、男性が生まれやすくなった可能性は十分考えられます。その分、お生まれになったサンドラ様に女王陛下の面影が残っていらっしゃるのも、うなずけることです」

ストルは真面目な顔で言い、ほーっとため息をついた。

「……でも、そうか。女王陛下、あなたはご自分が全力を捧げたいと思えるほどの人と、出会えたのですね……。そしてこのストレロッツォレルめが長い時を経て、あなたの愛した人の子孫と出会えたと」

「ストル……」

「本当に……生きていて、よかった……！」

ぐすっと涙ぐむストルにサンドラがハンカチを差し出すと、「ありがとうございます」と彼は小さな手でハンカチの隅を掴み、こしこしと目元を拭った。


詩集から女王と伯爵領の関係を読み取ることができ、泣いていたストルもしばらくすると落ち着いた。そうしているとユリシーズが屋敷に帰る時間になったので彼を見送り、ストルの待つリビングに戻った。

「お兄様は帰られましたよ。ストルも、お疲れ様でした」

「サンドラ様こそ、お疲れ様でございます！　サンドラ様とユリシーズ様のおかげで女王陛下の足取りだけでなくそのご遺志も知ることができて、このストレロッツォレルはいたく満足いたしました！」

ストルがそう言ったのでサンドラはほっとしたと同時に、どきっとした。

（ストルが、満足した……これはいい傾向ね）

ストルは妖精の女王の行方と伯爵家との関係を知るために、レディアノールにやってきた。彼が「満足した」と言っているのなら、サンドラたちが皇帝との間に結んだ約束を無事に果たすことができそうだ。

（……仮定ばかりではあるけれど、ストルがすっきりしたのならそれで十分だわ。私も、うちの領地の変な傾向について分かったし……あ、そうだ！）

「あの、ストル。もしかして、なのですが……妖精の女王の加護の力は、他の妖精の血の力を撥ねのけるとかいう効果はありますか？」

「ん？　どういうことですか？」

「パーシヴァル殿下が妖精の力をお持ちなのは知っていますよね？　魅了の力なのですが、私だけそれに掛からないようで」

ひとまずのところ、それは「筋肉慣れ」なのではないか、という形で落ち着いたのだが、サンドラにも何らかの形で妖精の女王の影響があるのなら、それが原因でパーシヴァルの魅了の力を無効化させているのでは、とひらめいたのだ。

（だとしたら、「筋肉慣れ」よりよっぽど納得がいくわ！）

そう思ったのだが。

「……うーん。確かに妖精の力はものによっては反発し合いますが、別の妖精の力を無効化させるというのは聞いたことがないです」

「……そ、そう」

残念ながら、「筋肉慣れ」からは逃れない運命のようだ。

＊＊＊

地学資料室での調査や図書館で見つかった詩集などから、エドモンズ伯爵領と妖精の女王の関係についてだいたいの仮説を立てることができた。

「……ということで、私たちの方でできる調査は全て終わった。ストレロッツォレル殿も、納得してくれている」

「パーシヴァル殿下並びにサンドラ妃殿下に、心から感謝いたします」

王城の応接間にて、サンドラたちはロドムニア帝国の使者たちに報告をした。

帝国から内密に派遣され、ストルの様子見とサンドラたちの監視を行っていた彼らは皆、ほっとした表情だ。ユリシーズや貴婦人たちの協力もあり、皇帝から与えられた期間に十分ゆとりを持って目標達成することができた。

（この調子なら、ゆっくり船を進めたとしても余裕を持って帝国に戻れそうね）

　ほっとするサンドラだったが、テーブルの上であぐらを掻いて座っているストルの表情が優れないのは気になっていた。女王の足跡が分かったときのストルは満足そうだったが、帝国の使者たちに会いに行くことになるとむっつりと黙り、何やら難しい顔つきになっていたのだ。

「ストル、これで目標は達成できました。私も港までは見送りに行けますので、これで安心して帝国に帰れますね」

「帝国、か……」

「そうですよ。ストル、あなたはロドムニア帝国の創始者で、国民から敬愛されています。それにあなたが戻ったら、皇帝陛下も安心なさるでしょう」

　サンドラはそう言うが、ストルの表情は晴れないままだ。パーシヴァルもストルの様子が気になるようでちらちらとこちらを見てきているし、帝国人たちも偉大なる妖精様が自分たちに背を向けたままなのがお気に召さないようで、じっとサンドラを見てくる。説得しろ、ということだろう。

（そうよね。お兄様は今別のところにいるし、ストルを説得できるのは私だけだわ……）

「……あの、ね。ストル――」

「……やです」

「えっ？」

　皆の視線を受けたストルはすくっと立ってサンドラのもとまでやってきて、ドレスの布地を引っ張った。

「やっぱり、帰るのは嫌です！　このストレロッツォレル、サンドラ様と一緒にいます！　このレディアノール王国で暮らします！」

何かを決意したのか、妙に晴れやかな表情でストルは言うが。

（……嘘でしょう）

サンドラは、目の前が真っ暗になった。

五章　責務と願望のはざまで

基本的にストルはサンドラやユリシーズの言うことを聞くが、今回はサンドラがどれほど丁寧に説明しても、そして急ぎユリシーズにも来てもらって彼に説得されても、いやいやと首を横に振りっぱなしだった。

「帝国には帰らない！　ぼくはサンドラ様やユリシーズ様がいて、女王陛下の加護が満ちたこの国にいる！」

「それはだめだと何度も言っているでしょう⁉」

「妖精様。あなたの帰る場所はここではなくて、帝国です。あなた様は、我が国の至宝、なくてはならぬ存在なのです」

息も絶え絶えのサンドラに続いて、険しい表情の帝国の使者も言う。

彼は帝国の使者たちの中でのリーダー格らしく、見たところまだ三十歳そこらだろうが、威厳と自信、そして若干の威圧感を持っていた。確か名前はサハルといったはずだが、体格は小さめでどちらかというと細身だが、いつも疑うような眼差しでこちらを見てくるので、サンドラは彼のことが若干苦手だった。

だがストルはふんと鼻で笑って、冷たい目でサハルを見た。

「そんなの、貴様らが勝手にぼくをあがめ奉っているだけだろう！　ぼくはずっと昔に髭もじゃに協力して、帝国の基礎を造った。……もう十分、帝国の人間のためになることをしただろう？　そんなぼくに、まだあれをしろこれをしろと言うのか？　女王陛下の愛した地で暮らしたいという、ぼくの願いを踏みにじろうとでも言うのか？」

「そ、そういうわけでは」

壺の中にすっぽり入ってしまうほど小さな妖精だが、まごうことなき帝国の創始者である。そのためかサハルたちは焦りの表情になり、低姿勢でストルに頼み込んだ。

「皇帝陛下からも、妖精様がレディアノール王国に滞在する期間は限定するようにと命じられております。どうか……まずは一度、帰国してください。そして、皇帝陛下にご相談していただければ……」

「やだね！　そう言ってどうせ、おまえたちはぼくを閉じ込めるつもりなんだろう？」

「妖精様……！」

悲痛な声を上げるサハルに一切の恩情を掛けるつもりがないようで、ストルはかわいらしい顔をゆがめて笑った。

「だから、ぼくはこれから自由に生きることにした。……そうだな。せっかくだし、エドモンズ伯爵領に行ってみたいな。サンドラ様やユリシーズ様の故郷、女王陛下の愛した土地……きっととても美しいんだろうなぁ」

そう言いながら既にストルの心はまだ見ぬエドモンズ伯爵領に飛んでいるらしく、必死の形相の使者すら視界に入っていないかのようだ。

（ど、どうしよう……！）

　悠々としたストルとは真逆で、サンドラは冷や汗だくだくだ。

「……ストレロッツォレル殿。気持ちは大変よく分かるし、我が国に滞在したいと思ってくれることは王子としてとても光栄なことと思っている」

　このままではらちがあかないと思ったのか、パーシヴァルが無理矢理ストルの視界に入り、真剣な顔で告げた。

「だが、あなたの希望を通すわけにはいかない。あなたを帝国に帰すというのは、皇帝陛下と約束したことだ。それに違反して罰を受けるのは、サンドラだ」

「興ざめなことを言う。だが……はなツンのくせに、痛いところを突いてくるのだな」

　夢想から醒めたらしいストルは、不機嫌そうにパーシヴァルの顔を見上げた。

「つまり、何が何でもぼくは帝国に帰らないといけないのだな？　そうしないと、サンドラ様が髭二世に叱られると」

「そういうことだ。これは国家間の問題であり……あなたが無理を言えば、サンドラやユリシーズ殿が悲しむことになる」

　手応えを感じたからかパーシヴァルが真剣な態度で詰め寄ると、ストルは鼻の横に皺を寄せて難しい表情になった。

「サンドラ様やユリシーズ様を悲しませるのは、このストレロッツォレルの本望ではない。しかし、せっかくお会いできたサンドラ様たちと別れるなんてことになれば、帝国を守るどころか呪ってしまうかもしれん」

「ストル……」

「……ああ、そうだ！　それじゃあ、こうしよう！」

何やらひらめいたらしいストルはくるんと振り返り、困惑の表情のサハルたちを見てにっこり笑った。

「そんなにぼくに帰ってほしいのなら、帰ってやってもいい。国同士のどうたらこうたらなんてぼくはどうでもいいが、サンドラ様たちを泣かせたくはないからな」

「おお、妖精様……！」

「だから、サンドラ様を一緒に連れて帰る！」

ストルのやけに調子のいい声に、サンドラは呼吸が止まるかと思った。

ストルが「ああ、そうだ！」と言ったときから既に嫌な予感はしていた。彼は妖精であり、人間ではない。見た目こそ人間によく似ているが彼の中の常識や道徳心やらはサンドラたちとはかけ離れており、だからこそとんでもない提案をするのではと身構えてはいたのだが、彼はサンドラの予想をばっちり当ててしまったようだ。

「サンドラ様は、女王陛下の面影を残すお方だ。サンドラ様と一緒にいられるのなら、帝国に帰ってやってもいい。それなら、国宝扱いされても許してやる。どうだ、悪くないだろう？」

「ストレロッツォレル殿！」

我慢ならなかったようでパーシヴァルが声を上げ、ストルの体を人差し指と親指で掴んで自分の方を向かせた。

「そのような発言を軽々しくしてはならない！　サンドラの夫として、貴殿の提案を許すことはできない！」

「な、なんだはなツンのくせに。ぼくだってうんと譲歩してやっているんだぞ！」

パーシヴァルにつまみ上げられたストルは納得がいかないようで、きゃんきゃんわめいている。

「ぼくは帝国に帰るんだから、サンドラ様たちが髭二世に叱られることはない。ぼくは、女王陛下の面影を残すサンドラ様と一緒にいられる。これで円満解決じゃないか！」

「円満ではない！　貴殿の言い方では、まるで私とサンドラを離――」

「まあまあ、落ち着いてください、パーシヴァル殿下」

珍しくかっとなったパーシヴァルをなだめたのは意外にも、サハルだった。

彼は先ほどの焦りの表情はどこへやら妙ににこやかに、ストルを見ている。

「妖精様のおっしゃることも、もっともでしょう。ですが我々としても、パーシヴァル殿下やサンドラ妃殿下の意に沿わぬことはしたくありません」

「……どういう意味だ」

「一度、この件を帝国に持ち帰らせていただけませんか？　期日が過ぎる可能性もありますが、これについては私どもの方から皇帝陛下にご報告し、レディアノール王国に非がないことをご説明いたします」

ゆったりとした口調で言われ、パーシヴァルは不服そうな顔をしつつもストルを掴む手を下ろした。

今回のストル絡みの件でレディアノール王国が懸念していることの一つが、皇帝から指定された期日を守れない可能性だ。これに関してはサハルたちがうまく言いくるめてくれるそうだからそれを信頼するにしても、次の問題が発生してしまう。

……使者がこの件を皇帝に奏上して皇帝の意向をレディアノール王国に持ってくるまでに、短くない時間が掛かるだろう。それまでの間、レディアノール王国側は暇を持てあまして待っていればいいわけではない。

なぜなら、王室に入って長くないサンドラでさえ、皇帝がどのような「返事」をするのかの予想が付いてしまうからだった。


ストルの帰国計画を立てるのが目的だったはずの打ち合わせは、最悪の形で終わった。

帝国の使者の一部はすぐに荷をまとめて、港へ向かった。サハルたちはストルの監視も兼ねて王国に留まることになったが、最初の殺伐とした雰囲気から一転して機嫌がよさそうなのが、サンドラたちの不安を煽《あお》った。

離宮に戻ったサンドラたちは、すぐさまストルをドールハウスに押し込んだ。ストルは「なぜ皆、カリカリしているんでしょうか」と今の事態の深刻さが分かっていないようだが、今は彼の相手をする気力がなかった。

「……既にロイドがユリシーズ殿と共に、この件について国王陛下たちに報告に行っている」

私室に上がったサンドラとパーシヴァルは人払いをして、テーブルを挟んで向かい合って座った。

いつになく真剣でかつ緊張感の漂う夫の表情に、サンドラは胸と胃が痛くなってきた。

（まさか、ストルが私を連れて帰りたがるなんて……）

「……申し訳ございません。ストルの手綱は私が握っていないといけないのに……」

「いや、あそこまでだだをこねられたらもうどうしようもない。あの様子からして、サンドラを連れて帰ることはたやすく諦めないだろう」

パーシヴァルは難しい顔で言ってから、「サンドラ」と緊張した声で名を呼んできた。

「まずは、国王陛下のご意向を聞く必要がある。……おそらくだが、ロドムニア帝国の皇帝の返事にはだいたいの見当が付く」

「……はい、私もです」

サンドラはうなずいてから、嫌な予感でどきどきと鳴る心臓を少しでも落ち着かせるために深呼吸して、顔を上げた。

「……私を、帝国に差し出せ、ということですね」

「……サンドラ。私は君を人質のように扱うつもりはない」

パーシヴァルは悲痛な表情で言うが、彼もそのような「意向」が下される可能性があると分かっているのだろう。

「それに、君と離縁するつもりもない。私たちは、生涯を共にすることを神の前で誓った夫婦だ。

その誓いを破るつもりは全くない」

「はい、私もです」

パーシヴァルの魅了の力が効かないから、ちょうどいいから、という理由で始まった婚姻関係だが、今の二人はもう確かな愛情と絆を築いている。その関係を進んで壊すつもりは、サンドラにも一切ない。

……だが、二人はただの夫婦ではない。民たちを守る使命を背負った、レディアノール王国の第二王子夫妻である。

それが国のためになるのであれば――離縁も、受け入れなければならないのだ。

(私とパース様が、離縁する……)

ずん、と胃に重石が入ったかのように苦しくなる。

パーシヴァルと、離縁する。その文字を頭に思い浮かべるだけで、こんなにも苦しくなるのだ。もし本当に国王から「国のために離縁し、国のために人質になれ」と言われて、サンドラは果たして冷静に「はい」と言えるのだろうか。

手が、震える。

夏の終わりだから寒いわけでも体調が悪いわけでもないのに、指先がうまく動かない。拳を固めようとしても、痺れたように震えてしまう。

「サンドラ」

いつの間に正面から移動していたのだろう、サンドラの隣に腰を下ろしたパーシヴァルが、そ

っとサンドラの両手を包み込んだ。同じ人間だというのに一回りほど大きなパーシヴァルの両手が、サンドラの手を優しく握ってくれる。

「国王陛下や皇帝陛下からどのような意向が下ろうと……私は、君と共に生きる道を諦めたりしない」

「パース様……」

「これからも、私たちは一緒だ。私の妃はサンドラだけで、サンドラが暮らすのはこのレディアノール王国だ」

力強い言葉と、両手の力。そして、サンドラが大好きな青空の色の目。

彼は、王子だ。国のためなら、自分の気持ちを投げ出さなければならない。それが尊き者、富める者の責務だと、彼はよく分かっている。

だが、こうして彼がサンドラへの愛と信頼を言葉にしてくれるだけで、救われた。パーシヴァルはサンドラを差し出したりしない、と思うだけで、気持ちが落ち着いてくる。

「……ありがとうございます、パース様。私、あなたのその言葉がとても嬉しいです」

「……」

「私も、あなたと生きる未来を諦めません。私の心を、あなた以外の人に預けたりしません。……これから何があろうと、それだけは約束します」

「サンドラ……」

パーシヴァルの目が少しだけ悲しげに細められ、そっと唇を寄せられた。

いつもなら甘い夫からのキスが、今はなぜか少しだけしょっぱく感じられた。

＊＊＊

パーシヴァルはストルが問題発言をした翌日、朝から王城で王家会議に出席していた。そこにはロイドも同席しており、昼過ぎにその様子を見に行ってくれていた使用人が戻ってきたものの、その表情は優れない。

「……会議は紛糾しているようです」

「……」

「私は兵士から様子を聞いただけなのですが、どうやら国王陛下や王子殿下方の間で、意見が割れているようでして……」

使用人の言葉に、サンドラはぎゅっとドレスの胸元を掴んだ。

（きっと、私を帝国に差し出すかどうかの話をされているのね……）

使用人に礼を言って下がらせ、サンドラはリビングのソファに座って大きなため息を吐き出した。

昼食の後で、メイドがお茶を淹れてくれた。帝国で買った茶葉はまだたくさん残っていたが今はそれを飲む気になれないので、あえてレディアノール王国で昔からよく飲まれている紅茶を苦めに抽出《ちゅうしゅつ》してもらった。今は甘いものより、苦いものを飲みたい気分だった。

なお現在、ストルはドールハウスごとユリシーズに預かってもらっている。ストルは今の状況についていまいち理解できていないようで、それでもなおサンドラのそばにいたがった。だが離宮にストルがいればサンドラの気持ちが安らがないだろうと、ユリシーズがやってきてドールハウスを小脇に抱え、ストル入りの壺を持ってタウンハウスに帰ってくれたのだった。

皇帝に今回の件を奏上するために帝国に戻っている使者は、早馬で港町に向かっているという。おそらく今日中には港に着いて、臨時便で帝国に渡ることができるだろう。

とはいえ、帝国から返事が届くまで最速でも半月は掛かる。その間も王城には帝国の使者が滞在しているし……使用人曰く、特にサハルはやけに機嫌がよいとのことだ。レディアノール王国側は緊迫しているというのに、その余裕の態度がまた不気味だ。

(とにかくまずは、王家会議の結果を待たないと)

パーシヴァルは今朝、戻るのはいつになるか分からないと言っていた。帰れるめどが立ったら使いの者を寄越すと言っていたので、それまで待つしかない。

とはいえそれでは暇なので、事情を聞いたらしいアーシュラが会いに来てくれた。

「サンドラ様の心中お察しします。……どうか、思い詰めないでくださいね」

「ありがとうございます、アーシュラ様。……ロイド様のことも、ずっと王城に留めることになって申し訳ない、と殿下もおっしゃっていました」

「お気になさらず。夫は騎士であり、王子側近の男爵でもあるのですから」

アーシュラはそう言い、微笑んだ。

「あの人がわたくしと過ごす時間よりパーシヴァル殿下のそばにいる時間の方が長いなんて、当然のことです。それを理解した上で、わたくしはあの人のもとに嫁いだのです」

「……アーシュラ様は、強いですね」

「あら、そうでもありませんよ。夫がなかなか帰ってこないのはやはり寂しいですし、ミナも恋しがっていますす。だから今回の件が終わりましたら、うんと甘えるつもりですのよ」

アーシュラはそう言って微笑み、「ここだけの話ですが」と内緒話をするように声を潜めた。

「……まだ夫には言っていないのですが、あの人の仕事が落ち着いた頃に、相談しようと思っていることがありまして」

「相談？」

「……そろそろ二人目についてのお話をしようかと」

そう言うアーシュラの言葉は、いつでも凛としている彼女らしくもなく少し照れが混じっているかのようだった。彼女の言葉の意味をすぐに察したサンドラは、はっと顔を上げた。視線の先にあるアーシュラは、まるで恋を知ったばかりの少女のような表情をしている。

「前から、そういう感じの雰囲気はあったのです。ミナももう三歳ですし、わたくしもそれほど若いわけではありません。それに義父母の間では、そろそろ夫に爵位を譲ろうとも考えていらっしゃるようなので、侯爵夫人になって多忙になる前に二人目を産みたいと思っているのです」

「まあっ……！　素敵な話です！」

「ありがとうございます。……だから、寂しいけれど嫌だとは思いません。あの人は絶対に、わたくしたちのところに帰ってきてくれると信じていますから」

頬をほんのり赤らめたアーシュラが言ったため、サンドラはしっかりとうなずいた。

……サンドラも、アーシュラと同じだ。不安になることもあるけれど、パーシヴァルのことを信じているから大丈夫だと思える。

「……すごく、素敵です。それならアーシュラ様たちのためにも、帝国との問題をスパッと解決しないといけませんね！」

「そうですね。両国にとって禍根《かこん》が残らず、誰にとっても最善と思える結果になることを祈っております」

アーシュラはそう言って、艶然《えんぜん》と笑ったのだった。

＊＊＊

結局のところ、パーシヴァルから使いの者が送られてきたのは翌日の昼前で、パーシヴァルは昼餐《ちゅうさん》まで家族と一緒に取ってから離宮に帰ってくる……予定だったが、サンドラが一人で食事をしている間に帰ってきた。

「ま、まあ、殿下？」

「食事中、すまない。……ただいま、サンドラ」

「おかえりなさいませ、殿下」

夫にしてはばたばたと荒っぽく食堂に入ってきたので驚いたし、王城で一泊したはずなのにやけにやつれているのが気になったが、帰ってきてくれただけで十分だ。

サンドラは一旦食事を中断してパーシヴァルにお帰りのハグとキスをして、昼食がまだだという彼のために使用人たちに指示を出した。料理人たちはいつパーシヴァルが戻ってきてもいいように準備していたので、料理に関しては問題なさそうだ。

しばらく席を外し、昼食用に着替えて戻ってきたパーシヴァルはほかほかと湯気を立てる料理を見て……ぐぐううっ、と盛大に腹の虫を鳴らした。

「す、すまない。おいしそうな料理を見たら、つい……」

「ふふ、大丈夫ですよ。さあ、お腹の虫さんも満足するくらい、たっぷり食べてくださいな」

サンドラは恥ずかしそうに目をそらすパーシヴァルを愛おしい気持ちで見つめ、まずは彼が旺盛に食事をするのを見届けた。

(……昼食は食べなかったということだし、パース様は元々よく召し上がる方だけれど、それにしてもすごい勢いだわ)

ここは王城の食堂でも帝国のレストランでもないし、近くにいるのはサンドラと使用人たちだけだ。だからかパーシヴァルは普段よりは礼法を簡略化させて勢いよく料理を口にしているが、それにしてもその速度が異様に速いように思われた。人間の食事風景の形容としてあまりふさわしくないだろうが、「飢えている」という表現がぴったりかもしれない。

一通り食べ終わりお茶を飲んだ後のパーシヴァルは、ふううっと大きな息を吐き出した。張り詰めていた緊張の糸がやっと、解けたという感じだ。

「……パース様、大丈夫ですか？」

「私は大丈夫だ……が、サンドラに尋ねられるということは見るからに大丈夫でなかったということだな」

パーシヴァルは苦笑し、空になったカップを置いた。そして使用人がおかわりのお茶を注いだ後で、全員に下がるように指示を出す。

使用人が全員食堂を出たところで、パーシヴァルはちらとサンドラを見てきた。

「……王家会議は、ひとまず終わった……いや、空中分解したといったところか」

「……といいますと？」

「私たちの中で、意見が割れた。それもあって、昼食を食べずに辞することにしたんだ」

パーシヴァルはそう言ってから、姿勢を正した。サンドラも、嫌な予感を胸に背筋を伸ばす。

（意見が、割れた……）

それが、意味することとは。

「これはあくまでも、『おそらく皇帝陛下はこのようにおっしゃるだろう』と推測した上で、私たちが考えたことだ。だが皇帝陛下の人柄や帝国の風習を考えるに、私たちの予測は決して外れないだろうと思っている」

「……」

「皇帝陛下は、ストレロッツォレルを何が何でも手元に連れ戻すようおっしゃるだろう。そしてストレロッツォレルが折れない限り、彼はサンドラを連れて帰りたがる」

サンドラは、こわごわとうなずく。今はユリシーズに預かってもらっているストルだが、あの様子だと妥協しそうになかった。

「となると、レディアノール王国側が採ることのできる方法は四つある」

パーシヴァルはそう言って、親指以外の右手の指を四本立ててテーブルの上にそっと乗せた。

「一番望ましいのは、ストレロッツォレルの説得が成功すること。だがこれはおそらく不可能で……となると、帝国からの要望を突っぱねることになる」

一気に二本の指を折ってパーシヴァルが言うが、それはつまり――帝国との和平の崩壊だ。

サンドラは当然のこと、ストルも返さない。ストルは満足するだろうが、帝国は怒り狂うだろう。ほぼ何も得るもののない、最悪の選択肢だ。

「三つ目が、帝国の要望を受け入れてかつストレロッツォレルの希望も叶えられる、サンドラを帝国に送り出すこと。おそらく国際問題とストレロッツォレルのご機嫌取りという点では、これが一番平和に解決できる……が、この場合、私たちが離縁することになる」

離縁。

その言葉がずしりとのし掛かってきて、胃の奥が冷たくなるような感覚に襲われる。

サンドラとパーシヴァルが、離縁する。サンドラはレディアノール王族ではなく、エドモンズ伯爵家の人間として帝国に渡る。おそらくこれは、レディアノール王家にとっては最もダメージが少ない方法だろう。

（……この可能性があることは、分かっていたわ）

ごくっとつばを呑んでから、サンドラは「最後の方法は？」と声を震わせるまいと己を叱咤して問うた。

「四つ目は、私とサンドラ両方が帝国に渡ること。……これは三つ目に対する、折衷案みたいなものだ。少なくとも私たちは離縁することなく、ストレロッツォレル殿の機嫌を損ねることもなく、帝国側としてもさほど問題にならない方法だ」

パーシヴァルは、気楽な様子で言う。その様子からして、彼がこの四つ目を望んでいることがよく分かった。

……だが、そんなたやすいものではない。

「私としてはこの案を採りたいし、国王陛下と王妃殿下もこの案を推してくださった。……だが、王太子殿下が猛反対された」

「王太子殿下が……」

「この場合、サンドラは国賓扱いになる。帝国はストレロッツォレル殿の機嫌を損ねることを何よりも恐れているから、サンドラに手出しをされることはない。……だが、私はあくまでもおまけだ。サンドラと違い、私の命には何の保証もない」

サンドラは、はっとした。

帝国が望んでいるのは、ストルの奪還だ。そしてそのストルが熱望するのであれば、サンドラのことも丁重に迎え入れてくれる。

だが、サンドラのおまけであるパーシヴァルは話が別だ。

「王太子殿下の危惧は、レディアノール王国の王子でありながら帝国に庇護者のいない私が、実質人質扱いになることだ。極論、帝国側はサンドラさえ丁重に迎えればいい。私が『うっかり』命を落としたとしてもあちら側には何の痛手にもならないし、国家間で問題が発生した場合、私はレディアノール王国にとっての負担となる」

「……」

「臣籍降下するという手もある。そうすれば私は王族でなくなるから、国の足手まといになることはない。……だが王族という身分すら失った私が帝国で冷遇される可能性が高くなる。たとえサンドラの夫だろうと、平民に下った元王族の命に価値はない。むしろ、邪魔だからと暗殺されやすくなる」

そんなことはない、と言い切れないのが、現実だった。

ロドムニア帝国は強大で、レディアノール王国との関係は「悪くない」程度のもの。あちらには独特の風習があり、彼らにとってのレディアノール王国は決して対等な関係ではない。

そして国土面積や軍事能力からして、王国と帝国が真っ向勝負をしても勝てる見込みがない。勝てたとしてもそれは鍔迫《つばぜ》り合いの末にある血にまみれた勝利で、「第二王子一人のために、ここまで国民が命を懸けるものなのか」という苦い歴史になってしまう。

パーシヴァルの兄である王太子は、非常に頭が固くて融通の利かない男だ、とパーシヴァルもロイドも言っている。だがその実、とても家族思いで弟のことが大切で……そして国の将来を見据えているからこそ、パーシヴァルを帝国に送り出すことに反対しているのだ。

「先ほど、意見が割れたと言ったな。それが、このことだ。会議には出産間もない王太子妃殿下以外が集まったのだが、国王陛下と王妃殿下、王太子殿下で対立した。それに……私も、兄に反発してしまった」

　そう言うパーシヴァルの声が、震えている。

「兄は私に、レディアノール王族としての自覚を持て、と言った。……兄は、正しい。いつでも正しくて、最善の道を選ぶことができる人だと分かっているが……それでも、サンドラ一人を差し出せと命じられて、かっとなってしまった」

「パース様……」

　パーシヴァルは、打ちひしがれた様子だ。彼が昼食を取らずに離宮に帰ってきたのは、兄と対立してしまったからなのだろう、と容易に推測できた。

「父上たちも、兄を諭してくれた。父も母も、私のことを信じているからこそサンドラと共に送り出す手を採るべきだとおっしゃる。だがそんな両親に対しても、兄上は強固な態度で……」

「事情は、分かりました。……パース様、お疲れでしょう。今日はもう、休みましょう」

　サンドラは夫の背中に手を添えて、はっきりと言った。

　いつもなら離宮まで付いてきてくれるはずのロイドがいないが、もしこの後も予定があれば使用人たちに何か言付けてくれたはず。それがないのだから、もうパーシヴァルが休んでも問題ないだろう。

いつも堂々としておりサンドラを守ってくれるパーシヴァルが、すっかり弱っている。せめて今日は、心も体も休めるべきだ。

「パース様。私はパース様が、私と一緒に来てくださる道を望んでくださるだけで。十分です」

サンドラは、嘘偽りのない言葉を告げる。

たとえそれが王族として間違いだとしても、王太子の怒りを買ったとしても……それでも、夫がサンドラのそばにいたいと思ってくれているだけで、今は十分だ。

「帝国側から返事が来るのも、ずっと後です。それまでの間に皆様の間で話がまとまる可能性もありますし、ストルの説得がうまくいくことだって考えられます。私も、頑張ります！」

「サンドラ……」

「だから、今はゆっくりしましょう。……お兄様が、よくおっしゃっていました。来るべきときに備えて十分な休息を取ってこそ、優秀な戦士である、と」

頭の中まで筋肉まみれで、このままだと筋肉と結婚するのではないかと心配してしまうほど筋肉を愛するユリシーズなので、彼の発言も大半が筋肉絡みだ。だが、その発言はなかなか的確で、教訓になるものも多かった。

領地にいる間は基本的にいつも動き回っている従兄弟たちだが、食べるときにはうんと食べるし夜は熟睡していた。「夜更かしは、貴婦人の肌の敵！　夜更かしは、我々の筋肉の敵！」と言ってナイトキャップを被り、深夜前には寝室に向かう従兄弟たちのおかげでサンドラも、夜更かしせず朝すっきり起きられる体質になったのだと思う。

ジョークも交えて励ますと、パーシヴァルはこわばっていた表情を少しだけ緩めた。

「……そうだな。ユリシーズ殿の金言なのだから、間違いないだろう。では、今日は愛しい妃と共に過ごすことにしよう」

「……はい」

「サンドラ、愛している。……絶対に、君を手放したりしない。ひとりぼっちにさせたりしないと、誓おう」

パーシヴァルの熱を込めた力強い言葉に、サンドラはしっとりとした微笑みを返した。手を差し伸べるといつもよりも少しだけ荒い力で引き寄せられ、唇が重なる。

パーシヴァルの気持ちはとても嬉しいし、サンドラだってそうしたいと思っている。

だが。

（……私も同じように、あなたを守りたいと思っている。私と一緒にいることであなたが傷つくのなら。離れることであなたを守れるのなら、私は――）

喜んで、彼のもとを離れるだろう。

＊　＊　＊

翌日、パーシヴァルを迎えにロイドがやってきた。

王家会議にも付き添ったという彼の様子も気になっていたので、サンドラはパーシヴァルが仕度をする間、一足先に玄関に向かったのだが。

「おはようございます、サンドラ様」

「お、おはようございます、ロイド様。……お元気、ですか？」

「表情には出にくいようですが、私はいつでも元気です」

サンドラが思わず不器用な声掛けをしてしまったのは、玄関に立つロイドから何やら不穏な気配が漂っていたからだった。

顔色が悪いとか、ふらふらしているとかいうわけではない。身だしなみもきっちり整っているし、長い髪も一筋の乱れもなく結わえられている。

それなのにどこか危ういようなぐらついているかのような雰囲気を感じたのだが、ロイドはサンドラの問いにそつなく返すだけだった。確かに彼はパーシヴァルと違い喜怒哀楽の表現が緩やかだが、今はそういう問題ではないと思う。

「……それならいいのですが。ああ、そういえば一昨日はアーシュラ様に来ていただけて本当に助かりました」

「……妻がお役に立てたなら何よりです」

ロイドはそう言うが、一瞬だけ彼の肩が揺れて切れ長の目の奥で瞳が揺れたのを、サンドラは見逃さなかった。

（もしかして、アーシュラ様と何かあった……？）

別にかまを掛けようと思ったわけではなくごく自然な会話としてアーシュラの名前を出したの

だが、気づかないうちに地雷を踏み抜いていたようだ。

(アーシュラ様に聞けば、教えてくださるかしら?)

夫婦の問題に首を突っ込むのは野暮どころかただの迷惑行為ではあるが、サンドラにはロイドの異変が自分に関係しているのではないかと思われてならなかった。

……そういうことでサンドラがサージェント男爵邸を訪問したいという手紙を送ったところ、すぐに快い返事が返ってきた。今日今すぐにでも、ということだったので念のためにパーシヴァルにも連絡をしてメイドたちを伴って訪問した男爵邸では、アーシュラと娘のウィレミナが出迎えてくれた。

「サンドラ様、ごきげんよう! ウィレミナ・ギャヴィストンでございます」

「ごきげんよう、ウィレミナ様。少し見ないうちに、ずいぶん大人びましたね」

初めて出会ったときのウィレミナは、パーシヴァルのことを「おでんかさま」と呼ぶなどまだ言葉がぎこちないところがあったものの、三歳になった今は流暢《りゅうちょう》に自己紹介ができるようになっていた。家名の「ギャヴィストン」も、幼子には発音しにくいだろうが練習を重ねて言えるようになったのだろう。

サンドラが褒めるとウィレミナは嬉しそうに頬を赤らめ、手土産のクッキー缶を渡すと「おやつ!」と喜んで走っていった。

「わざわざご足労いただきありがとうございます、サンドラ様」

「いえ、いつもアーシュラ様に来ていただいているのですから、たまには私からお伺いしなければばなりません」

　サンドラはアーシュラとやりとりをしながら、そっと彼女の様子を窺った。

　今朝、ロイドはどことなく危うげな様子だった。アーシュラの名前を聞くと若干の動揺を見せたので、アーシュラと何かあったのだろうと思ったのだが。

（アーシュラ様の方は、なんともなさそうね……）

　クッキー缶を抱えて走っていったウィレミナのことはメイドたちに任せ、サンドラたちは応接間に向かった。

「王家会議のこと、わたくしも伺いました。サンドラ様もパーシヴァル殿下も、ご心労のほどはいかばかりかと心配しておりました」

　早速アーシュラの方から切り出したので、サンドラはうなずいた。

「ありがとうございます、アーシュラ様。……王家の皆様の中でも、意見が分かれたと聞いております」

「はい。王太子殿下はサンドラ様お一人を帝国に送ることを主張されていて、国王陛下や王妃殿下、パーシヴァル殿下は夫婦で行くのがよいと仰せのようで」

　そこでアーシュラは紅茶の入ったカップを口元まで運んだが、一瞬動きを止めたのちに下ろしてしまった。

「……昨夜、夫から王家会議のことを聞きました」

「……はい」

「わたくしは、サンドラ様とパーシヴァル殿下が離れればなれになるよりも、ご一緒される方がいいのでは、と考えました。確かに、王族である殿下の身辺警護について不安要素が多いですが、殿下は守られてばかりの方ではありません。殿下ご本人も、それを覚悟なさっているはずですからね」

「……」

「ですが、夫は違いました。夫は……王太子殿下に賛成するというのです」

アーシュラの声が、震えている。

「分かっております。夫はパーシヴァル殿下の側近であり、王太子殿下の乳兄弟でもあります。夫が最優先するべきなのは、パーシヴァル殿下の御身の安全と国の安寧。あの方の立場では、パーシヴァル殿下をみすみす危険な異国に送り出すことなどできないのです」

それに、とアーシュラは疲れたような微笑みを浮かべる。

「もし殿下も帝国に行くとなれば、最低限の護衛は必要でしょう。……それに夫が選ばれる可能性は高く、そうなればわたくしたちが離ればなれになる。もし選ばれなかったとしても、夫は殿下のそばにいられないことを悔やみ続けるでしょう」

「だから、ロイド様は王太子殿下に賛成なさるのですね」

「そう言っておりました」

アーシュラは一旦目を閉ざし、ゆっくり開いてからサンドラを見てきた。

いつも凜としている理想の貴婦人といった雰囲気の彼女だが、今の彼女の灰色の目は寂しげに潤んでおり、普段よりずっとか弱く幼く見えた。

「……わたくし、夫と喧嘩してしまったのです。夫の言い分もよく分かっているのに……それでも、『殿下とサンドラ様に離縁していただくしかないかもしれない』という発言が許せなくて……」

「そんな、アーシュラ様……」

「サンドラ様が気に病まれる必要は、全くございません。でも今は、夫の顔を見るのが少し怖いです。話し掛けても、うまく会話できる自信がなくて……でもこれは夫婦間の問題だから、絶対にミナには気づかれないようにしよう、娘の前ではいつもどおりの両親でいよう、と約束しました」

アーシュラの言葉が本当であれば、彼らは一切口を利かない家庭内別居状態ではないようなので、少しだけほっとできた。

だが、帝国との問題はもはやサンドラとストルだけの問題ではなくなっていた。王家では王太子とパーシヴァルが兄弟でぶつかり合ったとのことだし、サージェント男爵夫妻も意見の相違により関係がぎこちなくなってしまっている。

サンドラのせいではない。サンドラだって巻き込まれた身なのだし、好きで王家や男爵夫妻の仲を引っかき回しているわけではない。それはサンドラ自身も理解しているし、皆も分かっていることだろう。

……それでも。

（私が、もっとちゃんとストルと話ができていれば。私が、もっとしっかりしていれば。私が不用意に、青い石に近づいたりしなければ……こうは、ならなかった）

男爵邸からの帰りの馬車にて、ふわふわのクッションを抱えたサンドラはしくしくと痛む胃とぐるぐると淀む思考に沈んでいた。

帝国訪問は公務なのだからストルの復活は不可避だったとしても、彼の捜し人が自分であると判明しないまま女王陛下問題が迷宮入りになってしまえば、こうはならなかった。帝国の方は悶着したかもしれないが、レディアノールには関係ないことで終えられたかもしれない。

ストルのことだって、不用意な発言をしないように言い聞かせるべきだった。今の彼はやけに頑固になっておりユリシーズも手を焼いているそうだが、顔色を窺ったりせずにだめなものはだめ、とストルに教育をしていれば、「サンドラ様を一緒に連れて帰る！」という爆弾発言を投下させずに済んだかもしれない。

（アーシュラ様、問題が落ち着いたら二人目についてロイド様に相談するっておっしゃっていたのに……）

このまま夫婦仲が険悪になれば、そんな話も立ち消えになってしまう。今はウィレミナの前では平然を装おうと決めているそうだが、いつか彼女も両親の不仲に気づいてしまうかもしれない。

そしてパーシヴァルと王太子も、互いの主張を受け入れられないままになるかもしれない。最終的に「何か」を選ばなければならないにしろ、何かしらの形で禍根を残すのは目に見えている。

それくらいなら。

多くの人たちを巻き込み、不和を生じさせ、関係を悪化させるくらいなら。

（私が自発的に、自分一人が帝国に行くと言った方がいいのかもしれない……）

たとえそれが、サンドラの本心でなかったとしても。

＊＊＊

パーシヴァルは王城に滞在することが多くなり、離宮にはなかなか戻れなくなった。

戻ってこられたとしても彼は疲れ果てており、サンドラにできることは彼をぎゅっと抱きしめて一緒に眠ることとくらいだった。

……何かあれば相談し合おう、と決めていた。だが今は口を開けば、マイナスなことしか出てこないように思われた。

パーシヴァルは、サンドラを一人にさせたくないとずっと主張しているという。その気持ちはとても嬉しいし、サンドラだって叶うことなら夫と一緒にいたい。だがそう思うたびに、王太子やロイド、アーシュラたちの顔が脳裏をよぎる。本当にそれでいいのか、夫の優しさに甘えていいのか、と頭の奥で誰かが警鐘を鳴らす。

それだけではない。

（サハル様……なんだか動きが気になるわ）

サンドラのもう一つの悩みの種は、王国に滞在するロドムニア帝国の使者・サハルの動向だった。

まだ皇帝の意向を聞く者たちが戻ってきていないが、彼とあと数名の監視役は王国に残っている。サハルは基本的に王城におり、王都にあるエドモンズ伯爵邸を訪問してストルの様子を見ているときもあるそうだが。

「……こんな状況だというのにやけに機嫌がよさそうでな。それが私も気になっている」

「お兄様から見ても、そうなのですね……」

ある日伯爵家のタウンハウスを訪問したサンドラは、ユリシーズの言葉に唸ってしまった。

ストルの問題発言に動揺しているのは、王国だけではない。帝国に戻る使者はかなり慌てた様子だったし、他に王国に残っている使者たちも不安そうな表情を見せることが多い。

だが、一人だけ。交渉の際にもやけに強気な態度を取っていたサハルは、妙に達観した様子なのだ。

「彼は、帝国外交使節団のサハルといったか。相変わらずストル殿は私以外の者にはツンケンしているのだが、どんな塩対応をされてもあの男はやけににこやかでな。機嫌がよいのはいいことだが、よすぎるのが逆に不安を煽ってくる」

「……私が帝国に必ず来ると、自信を持っているのでしょうか」

レディアノール王国は、サンドラを差し出すか否か、それにパーシヴァルをおまけとしてくっつけるか否かで、王家会議も紛糾している。

（レディアノールとしては、帝国の機嫌を損ねることだけはしたくない。だから私たちがどうあ

がこうと、ストルと私を連れて帰れることは確定している、ということかしら）

もしそうだとすると、サハルからすれば今のレディアノール王国上層部が抱えている問題なんてどうでもいいのだ。サハルも、皇帝がストルを手放したがらないこと……つまりサンドラを差し出せと命じることは予想しているのだろう。

「それもあるだろうが……ううむ。何か、もっと嫌なものを抱えていそうでな」

「嫌なもの、とは？」

「ううむ、ううむ……うおおおお！　無理だ、これ以上考えると、私の筋肉が萎縮してしまう！」

何か大切なことを聞き出せそうと思ったのに、兄の筋肉がキャパオーバーを起こしてしまったようだ。

彼は立ち上がると、ムキィッ！　とお馴染みのポーズを決めた。

「すまない、サンドラ！　私は長考による疲労を訴えるこの筋肉を慰めてくる！　茶も菓子も、好きなだけ食べていてくれ！」

「は、はい。いってらっしゃいませ……」

サンドラの返事を聞くなりユリシーズは雄叫びを上げて走り出し、リビングを飛び出していった。ティーポットを手にしたメイドが彼にぶつかりそうになったが、彼女は「またか」と言わんばかりの冷めた表情で家主を見送り、サンドラを見るとふわりと笑顔になって「お茶のおかわりはいかがですか？」と尋ねてきた。

それでは、カットしたフルーツ入りの紅茶を……と言ったところで、廊下の方がにわかに騒がしくなった。

「サンドラ様！　サンドラ様が来ているというのは、本当かー⁉」

「ストル？」

声のする方を見れば、青色の光を纏ったストルが廊下からリビングに飛び込んできた。彼の後ろには使用人たちの姿があり、ストルを追いかけてきたのだと分かる。

ストルは自分の背後でゼエゼエ言っている使用人たちには目もくれず、お茶のおかわりを注がれているサンドラを見て歓喜の声を上げた。

「ああっ、サンドラ様！　お久しぶりでございます！　このストレロッツォレル、サンドラ様にお会いしたくて毎夜涙で枕を濡らしておりました！」

「久しぶりですね、ストル。お兄様のところで元気にしていましたか？」

「もちろんです！　ユリシーズ様ははなツンと違って大変興味深い話をたくさんしてくださいます！　ですがやはり、サンドラ様にもお会いしたかったです！」

ストルはそう言ってすうっと滑空し、サンドラの膝に乗ってきた。サンドラに会いたかったというのは本当のようで、頬が真っ赤になっている。

「あの、サンドラ様。ユリシーズ様から聞いたのですが……ぼくの発言で、サンドラ様が悩まれているとのことですが」

「……ええ、そうなのです」

おそらくユリシーズは、頑固なストルでも分かりやすいように言葉を選んで説明してくれたのだろう。ストルは前に会ったときよりもかなり落ち着いていて、シュンとした様子でサンドラのドレスの布地を掴んだ。

「……ぼく、サンドラ様を悲しませたくはないんです。サンドラ様は一般人じゃなくてお妃様だから、簡単に帝国に来ることができないって、ユリシーズ様に教えてもらったから今はちゃんと分かっています」

「……」

「……でも、離れるのはやっぱり嫌です！　だってもうこの世に、妖精はいないんでしょう？　ぼくはひとりぼっちで、髭二世のところにいろって言われて……サンドラ様がいてくれれば、心強いんです」

「ストル……」

「ぼく、ひとりぼっちにならないといけないんですか？」

ストルの訴えに、サンドラは言葉に詰まってしまう。

ストルは、始祖帝と共に帝国を作った偉大な存在である。現皇帝を始めとした多くの帝国民たちが彼のことを敬意をもって迎え入れるだろうが、所詮人間と妖精だ。

もうこの世に妖精はいないし、妖精の力を持ったパーシヴァルのような人間でさえ稀になっている。そんな時代にいきなり放り出され、唯一のよすがであるサンドラとも別れなければならないなんて、どんな気持ちだろうか。

（もし私が人間が絶滅した世界に送り込まれたとして、そこにいるのは自分より何十倍も体の大きな生き物ばかりだとしたら……。そしてそんな世界でもたった一人、人間の面影を残した存在がいたとしたら）

サンドラだってきっと、その人にすがっただろう。寂しいから、一人になりたくないから、自分と同じ生き物の縁を感じていたいから、そばにいて、と言っただろう。

「……せめて、たまに会うくらいではだめなの？　数年に一度くらいなら、私も帝国にいるあなたに会いに行けると思うわ」

サンドラは折衷案を出すが、ストルはかわいらしい唇をむっとゆがめた。

「たまにって……どれくらいになるんですか？　数年に一度しか、サンドラ様に会えないのですか？　一緒にいられる日よりもいられない日の方が、ずっと長いなんて！」

「ストル……」

「……そうだ！　そろそろサンドラ様と一緒にいたいから、あのでかい建物に連れて帰ってください！」

突然思い至った様子でストルが言った。

「ユリシーズ様と一緒にいるのも楽しいですけれど、やっぱりぼくはサンドラ様がいい！　それにあのはなツンの顔も、たまには拝んでやらなくもないですし」

「離宮に戻りたいのですか？」

サンドラが問うと、ストルは上機嫌にうなずいた。

（……確かに、そろそろ離宮に連れて帰ってもいいかもしれないわね）

最初はサンドラの方も気持ちが落ち着かなくてストルをユリシーズに預かってもらっていたのだが、今はなんとか冷静にやりとりができているし、多忙な兄にストルのお守りをずっと押しつけるのは申し訳ない。

そういうわけで、筋肉を慰め終わったユリシーズにストルの引っ越しについて提案すると、彼は爽やかな汗を流しながらうなずいた。

「そうだな、サンドラさえよいのなら引っ越しをするとよかろう」

「そうさせてもらいます」

「ユリシーズ様、お世話になりました。お話、すっごく楽しかったです！」

サンドラの膝の上でストルが言うと、ユリシーズは笑った。

「それは僥倖《ぎょうこう》！　……ですが、ストル殿。サンドラもパーシヴァル殿下も決してお心にゆとりがあるわけではないことを、よくご理解なさってください」

「……はい。分かりました」

ユリシーズが丁寧でかつはっきりと言ったからか、珍しくもストルはしおらしい様子でうなずいた。

（お兄様……私の知らないうちに、ストルを手懐けていたみたいね）

だがそんな彼でもストルの意志を曲げることはできていないようだから、まだまだ手こずりそうである。

＊＊＊

かくしてストルをドールハウスごと連れて帰ることになったのだが、その噂を聞いたらしい男が早速翌日、離宮にやってきた。

「ごきげんよう、ストレロッツォレル様」

「貴様に呼ばれる名などない。疾《と》く去《い》ね、ハムサンド」

「わたくしめの名はサハルですが、あなた様がそう呼ばれるのでしたら本日よりハムサンドに改名いたしましょう」

冷たくあしらう言葉さえまるっと受け入れ好意的に捉えてしまうからか、さしものストルも気味が悪そうに目の前の男――サハルを見ていた。

帝国人らしく肌が小麦色で、切れ長の黒い目を持っている。今は王国にいるからか、帝国でよく見かける極彩色の衣装ではなくて無地の白い貫頭衣を着ている。

ストル曰く、彼が伯爵邸にいる頃からサハルはたびたび姿を見せていたそうだが、どうもサハルとユリシーズの折り合いが悪かったようで、次第に姿を見せなくなった。ストルはそれに安心していたようだが、離宮に移ったと聞くなり飛んできたため、うんざりとした顔で相手をしていた。

あいにく、パーシヴァルは現在も王城にいる。念のために使用人を派遣して、時間があればこちらに来るようにお願いしているのだが、どうなることやら。

「我々帝国の民は子守歌代わりとして、あなた様と始祖帝の英雄譚を教え聞かされております。そんなあなた様が帝国にいらっしゃれば、我々は感涙に耐えませぬ」

「貴様らが泣こうとわめこうと、ぼくには関係ない。ぼくを手の内に入れようとしているのならば、諦めろ。ぼくは貴様のような矮小な人間に従う趣味はない」

「手の内に入れるなど、とんでもない。ただわたくしめは皇帝陛下のご意向を拝察した上で、あなた様を帝国にお連れすることを使命としているだけでございます」

「……だから、貴様らにあれこれ言われてもぼくはなびかないと言っている。……これ以上ぼくが機嫌を損ねる前に、帰れ」

ストルが本当に怒っていると察したのか、サハルは不気味な笑みを湛《たた》えつつも一礼し、去っていった。

（最初から最後まで、私には目もくれなかったわね……）

ぷりぷり怒るストルをなだめてドールハウスに連れていってから、サンドラはため息をついた。

（彼にとっては、ストルを連れて帰ることさえできればいいってことだものね）

それに、以前ユリシーズが言っていたことがよく分かった。あの男は、不気味だ。

ストルが怒ってもなお笑顔は絶やさなかったし、あっさり引き下がったのも気になる。ストルを説得させるために来たのだと思ってサンドラも警戒していたから、あそこまですんなりと帰られると拍子抜けだ。

（……なるべく早く、パース様に相談した方がいいわね）

サンドラは、時計を見た。時刻は夕方で、初秋なのでまだ外も明るい。

（パース様、いつ戻ってこられるかしら）

そんなことを考えながら、サンドラは応接間を出て階段を下り、玄関の方に向かった。普段王城とのやりとりをしてくれる使用人は出払っているので、庭にいる別の使用人に連絡を任せようと思ったのだが……。

「……おや、妃殿下」

「ひっ⁉」

玄関の扉の横に人影があったため、まさかそこに誰かがいるとは思っていなかったサンドラは悲鳴を上げてしまった。急ぎ近くにいたメイドたちが飛んできたが、扉の横にいたのは不審者ではなくてサハルだった。

（帰ったんじゃなかったの？）

「……どうかなさいましたか、サハル様」

不審者ではないにしろ扉の横の絶妙な位置に立っていたためサンドラを驚かせたサハルは、こちらを見て微笑んだ。相変わらず不気味な笑みで……妙に、背筋がぞっとした。

「先ほど、妃殿下とお話ができなかったことを心憂《こころう》く思っておりまして。もう一度お伺いしようと思ったところに妃殿下の方から来ていただけて、幸運でした」

「……さようですか。何か、私におっしゃりたいことでも？」

「妃殿下の方から、ストレロッツォレル様を説き伏せることはできませんか？」

それまでのやや回りくどい物言いから一転してさっくりと尋ねられたので、少し面食らいつつもサンドラは肩をすくめて首を横に振った。

「……私も兄も努力しておりますが、どうにもならないかと」

「ならばストレロッツォレル様のご所望のように、妃殿下にも帝国に来ていただきたく思います。おそらく我らが皇帝陛下も、そのように仰せになるかと」

そう言うときだけ、サハルの笑顔が少し崩れた。彼にとって最優先すべきは皇帝の命令、ひいてはストルの奪還であるため、そのおまけとしてサンドラがついてくるのは不満であるという気持ちがよく見えてきた。

（そんなの、私も同意見なのに……）

「レディアノール王国の王家会議でも、この点について熟考されているようです。パーシヴァル殿下もこの件について国王陛下や王妃殿下、王太子殿下と議論を重ねていらっしゃるようなので、殿下がお戻りになった際に改めてご提案いただければ」

少なくとも、ここでサンドラが進んで応対するべき案件ではない。夫に丸投げと言われればそれまでだが、ここはサンドラの独断でサハルに応えるのではなくて、パーシヴァルや王族をしっかり味方につけるべきだ。

「なるほど。……つまりレディアノール王国側では、妃殿下を我々に託すことにいささか不安があるとおっしゃるのですね」

含み笑いを浮かべたサハルが言うので、近くに控えていたメイドや使用人たちが動いたのを感じる。いつでも飛び出せるように身構えてくれているようだが、相手が帝国の使者であることもあって、不用意に前に出ることはできないのだろう。

使用人たちの殺気を察したようで、サハルは軽やかに笑った。普通に笑っていればなかなかの美青年なのに、ねっとりとした物言いと剣呑な眼差しのせいで台無しだ。

「ああ、警戒なさるのももっともでしょう。……ですが、妃殿下。このままだと王国にとっても不利益になると分かっていらっしゃるのでは？」

「利益不利益を全て呑み込んだ上で、殿下は会議に臨んでくださっています」

「会議などといっても、テーブルを囲んであれこれしゃべるだけでしょう？　そんな無駄な時間を過ごさせるよりも前に、妃殿下にできることがあるのでは？」

「……どういう意味ですか」

警戒しつつサンドラが問うと、サハルはくつくつ笑った。

「王国が妃殿下を帝国に送ることに渋るのは、あなたが王子妃だからでしょう？　ストレロッツォレル様が所望されているのはあくまでも、エドモンズ伯爵家出身であるあなたであり、王子妃であるあなたではない」

「……」

「王子と離縁なさい。そして、私の妻になればいい」

サハルの発言に、前半には「やはりこう来たか」となり、後半には「なんだそれは」となってしまい、サンドラは何度も瞬きをして目の前の男を凝視した。

（妻……はい？）

「なにを言っているの……ですか？」

「サンドラ様、お下がりください！」

我慢ならなかったようで、使用人たちが進み出た。サンドラの腕を引っ張ったのはメイドで、前に立ち塞がったのは戦闘訓練も受けている男性使用人たち。

あっという間に使用人によるバリケードが作られたのだが、それでもサハルは余裕の笑みを崩さずサンドラたちを見ていた。

「ほう、さすがにこれほどまでの発言は許せぬと？」

「……お帰りください。帝国の使者といえどこれ以上の侮辱は、見逃すことができません！」

男性使用人が凄《すご》むが、サハルは愉快そうに笑うだけだ。

「だが、おまえたちもよく考えれば分かるのではないか？　サンドラ妃殿下が離縁する方が、レディアノール王国にとっての負担が少なくなる。その上妃殿下を私の妻として迎えて身の安全を保証してやると言っている。それに何の不満がある？」

「サンドラ様はパーシヴァル殿下の奥方です。貴殿が帝国でどのような立場にある方だろうと、第二王子夫妻を愚弄《ぐろう》することは許せません」

「……頭の固いやつだ」

強気に言い返す男性使用人を呆れたような目で見てから、サハルはサンドラの方に視線を向けた。

「……それで？　妃殿下の返事はいかように？」

「……お断りします。このようなこと、パーシヴァル殿下のご意向を伺うまでもありません」

震えそうになりながらもサンドラが毅然と返すが、サンドラが突っぱねるのも分かっていたようでサハルは小さく笑うだけだった。

（……この人、何がしたいの？）

ともすればレディアノールに対する宣戦布告にもなりかねない発言をしたというのに、自分の勝利を確信しているかのような態度。

そんな不気味さに本能が危険信号を発し、サンドラはじりっと後退したが――

「……サンドラ様、サンドラ様ー？　何かありましたかー？」

廊下の奥から、のんきな声が聞こえてくる。その声にサンドラがはっとそちらを見て、使用人やメイドたちも一瞬気を取られ――その瞬間、サハルが飛び出してきた。

相手の急所のみを突く拳の一撃により男性使用人が殴り飛ばされ、サンドラの腕が掴まれる。メイドが気づいたときには既に遅く、サンドラはサハルに腕を引かれて抱き込まれるような形で拘束されてしまった。

「サンドラ様!?」

「動くな！　……おまえたちも、何が一番国のためになるか分かっているだろう？」

サハルの達観したような物言いに、彼に拘束されるサンドラはぞっとした。サハルは他国の王子妃に対する許せない言動の数々をしているというのに、逆に皆を脅そうとしている。

彼が、ここまで強気になれるのは――

「サンドラ様ー……うん？」

青い光と共に廊下の角を曲がって現れたストルは、ぴたりと空中で静止した。

サハルによって拘束されるサンドラと、倒れる使用人。サンドラを人質に取られたため動けないメイドたち。

さしものストルも今がどういう状況なのか分かったようで、その顔がじわじわ赤くなっていく。

「……は？　お、おい、貴様！　サンドラ様に何をしている⁉」

「ただ『仲よく』していただけでございます。……それより、ストレロッツォレル様！　お望みのとおり、サンドラ妃殿下を帝国にお連れすることができます！」

サンドラが捕まっていることに最初は憤《いきどお》っていたストルだが、その目が揺れたことにサンドラは気づき……はっとした。

（お兄様が抱かれていた違和感というのは……もしかして、これのこと？）

サハルは最初から、「成功」しか考えていない。彼の背後には帝国が、皇帝がいる。レディアノール王国として決して軽んじることはできない相手が。

その皇帝という存在を背後に携え、国のためという大義名分を抱え、なおかつ「絶対に失敗しない」という自信を湛えているからこそ、彼は笑っていたのだ。

ストルは、サンドラを連れて帰れるという誘惑に弱い。だから今目の前で横暴なことが繰り広げられていても、「サンドラと一緒にいられる」という餌をぶら下げられると反抗できなくなると分かっているのだ。

どう考えてもサンドラの意思に反している光景であるが、もしこれでサンドラを連れて帰れるのなら――

「……ふざけないで」

「ん？」

「ストルの気持ちにつけいって、こんなことをするなんて……恥を知りなさい！」

叫んだサンドラはすうっと息を吸い、その場で軽くジャンプしてから尻餅をつくほどの勢いでしゃがみ込んだ。

サハルはサンドラの背後に立ち胸の下に腕を巻き付ける形で拘束しているので、彼女が体を前後に動かしたりするのは止められても、重力に従って落ちようとする力にはあらがえない。さらに……若干悔しいがサンドラはそこまで豊満な体つきではないので、サハルの拘束からすとんと逃げることができた。

サンドラも護身術を習った方がいいと提案したのは、パーシヴァルだった。最初はユリシーズが監督してくれることになったが彼の練習メニューはサンドラには厳しすぎたので、空いた時間を使ってパーシヴァルが指導し、ユリシーズは不審者役の方を担当してくれた。

あの剛力を誇る巨漢の兄からも一本取れるくらいには鍛えていたおかげで、武人ではないサハルの拘束を解くことは難しくなかった。

（ありがとうございます、パース様、お兄様！）

脱出は成功したものの勢い余ってその場で前転しそうになったが、すかさずメイドが腕を伸ばしてサンドラの体を引き寄せ、背後にかばってくれた。

一気に形勢逆転となり、さしものサハルも表情が崩れた。それだけでなく、非力な女であるサンドラに出し抜かれたのも悔しいのか、小声で「……女のくせに」とつぶやくのが聞こえた。

「せっかく、レディアノールにとっても悪くない条件を出してやったというのに」

「やった、とはずいぶん偉そうな物言いですね。ただの脅迫でしょう」

「ふん、そのような口をきけるのも今だけだ。皇帝陛下のご威光の前に、貴様らはひれ伏すしかできないというのに……」

サハルの言葉の途中で玄関のドアがバンッと外側から開かれたため、皆ぎょっとしてそちらを見やった。

夕日をバックに玄関ポーチに立つのは、金色の髪をなびかせた美丈夫――パーシヴァルだ。彼の背後には、ロイドたち近衛騎士の姿もある。

……そういえば、パーシヴァルには可能な限り早く顔を見せるようにとこっそり使用人を送っていたのだった。だがサハルはそれを知らなかったからか、驚いた顔でパーシヴァルを見ている。

「パーシヴァル王子⁉　まだ会議では……」

「早く帰ってきてほしいと愛する妃に頼まれて、否と言う馬鹿はいるまい」

パーシヴァルは冷たく言うと、玄関の隅の方をちらっと見た。

「……どうやらいろいろあったようだが、何事だ？」

「いえ、何と言うこともございません。我々はただ、平和的な解決に向けた相談ごとをしていただけで……」

「おまえには聞いていない。……何があったのか、子細述べよ」

ごまをすろうとするサハルを一瞥《いちべつ》してパーシヴァルが問うと、先ほどサハルに殴り倒された男性使用人が仲間の手を借りつつ立ち上がった。

「殿下にご報告いたします。……そちらの帝国使者は、サンドラ様に離縁と自身との再婚を提案しました。そこで我々がサンドラ様をお守りしようとしたのですがサンドラ様を強引に抱き寄せ、妖精様を味方に付けようとする形で脅して参りました」

「誤解でございます！　私は決して、そのような横暴な真似はしておりません！」

サハルはやけに芝居がかった仕草で訴えるが、それまで硬直していたストルがはっとしたようで前に飛んでいった。

「お、おい、嘘をつくな！　おまえはサンドラ様を後ろから、こう、イヤラシイ手つきで触っていただろう！」

「ストレロッツォレル様⁉」

「ちょっ、ストル……」

ストルが証言してくれるのはありがたいが、さすがにその発言は誤解を招く。

だがストルも興奮しているようで、パーシヴァルの目の前に飛んで声高く主張し始めた。

「こいつは実際にサンドラ様に、はなツンのようなシケた男を捨てて自分の愛人になれと言っていた！　それに、こういうふうに後ろから掴んでいた！　間違いない！」

そう言いながらストルはその場を再現しようと自分の手で自分を掴む格好になったのだが……残念ながらそれは事実よりもかなりきわどい格好でもはや痴漢も同然になっており、サハルが真っ青になった。

「違います、王子！　……あ、いえ、確かに妃殿下を拘束しましたが、そこまではありません！」

「十分だ。言質は取った。……私はストレロッツォレル殿をレディアノールにお連れする際に、いくつか皇帝陛下との間に取り決めを行った」

取り決めの際に誓約書を書いたのだが、これにはストルを帝国に連れて帰る期限などの他にも、パーシヴァルの方から帝国に対して約束させたものも含まれている。

その一つが……「いかなる理由があろうと、帝国人がサンドラ・レディングに対して暴力・侮辱行為並びにこれらに該当する発言をしてはならない」というものだった。

「皇帝陛下はストレロッツォレル殿を帝国に連れて帰ることについては厳命されたが、かといってこの命令を遂行するあまり自国の使者が横暴な振る舞いをしてはならぬとご理解くださった。よって、私と皇帝陛下との間でサンドラを守る協定を結んでいたのだ」

「……な、に？　私は、そんなのは聞いていない……！」

サハルは青い顔で訴えるが、パーシヴァルは冷ややかな眼差しで彼を見下ろしていた。

「言う必要はないとの、皇帝陛下のお言葉だ。サハル、おまえは私たちの協定を破ったことになり……ストレロッツォレル殿を巡る密約そのものが破綻したと言える。つまり私たちはストレロッツォレル殿を帝国に返すという義務がなくなり、おまえは帝国にとっての国賊になるのだ」

「嘘だ！　私は、私は……ただ、皇帝陛下のご意向に従おうと……！」

「おい、ハムサンド！　そんなの、貴様の思い込みに過ぎないだろう！」

パーシヴァルの肩の上で休憩していたストルが飛んでいき、小さな足でげしげしとサハルの頭を蹴った。

「ぼくが懇意にしていたのは髭もじゃであり、髭二世のことは正直よく分からない。だが髭もじゃにしても二世にしても、やつらはやけに偉そうだが人道に外れたことはしない！　貴様が脅すような形でサンドラ様を懐柔したとして、髭二世がおまえを褒めるとでも思っているのか⁉」

「それ、は……」

「あと、言っておくが。もしはなツンの到着が遅れたとしても、貴様には勝ち目はないぞ」

なぜならな、とストルはやけに自慢げに胸を張った。

「サンドラ様は、はなツンのことが大好きだからな！」

終章　サンドラの願い

心地よい風の吹く、秋。

エドモンズ伯爵領の屋敷前に広がる、小麦畑の丘の上にて。

「ようこそいらっしゃいました、妖精殿！」

「ユリシーズ兄上とサンドラ姉上から、話は聞いております！」

「我々一同、妖精殿のお越しを歓迎いたします！」

目の前にいるのは、もっさい筋肉男たち。右から順番に、サンドラの実父、二番目の兄、サンドラの養父である伯爵、サンドラの弟である。

そんな、自分より百倍以上質量のありそうな大男たちを前にしているのは、小さな妖精ストル。もはや立派な乗り物になった壺から顔を出している彼はきょとんとしたのちに、その目を見開いた。

「な、なななななんという……⁉　女王陛下の加護を全身に纏う方々が、こんなにたくさん……⁉」

「私の父や兄弟たちです。……ストル、出ますか？」

「出ます！」

ストルは言うなり壺から飛び出し、ちょうどいい感じに手を差し伸べてくれていたサンドラの弟の指の上に着地した。

「ぼくは、ストレロッツォレルと申します！　おそらく皆様にとって発音が難しいので、ストルでもストローでも『この羽虫め』でも、お好きなようにお呼びください！」

「うむ、ではストル殿と」

「せっかくですし、我が領地をご紹介しましょう」

「ストル殿は、伯爵領に興味がおありだとか」

「自慢の領地を、案内させてください！」

「よよよ喜んでぇっ！」

ストルはエドモンズ伯爵家のマッチョたちを前にすっかりとろけてしまったようで、サンドラの弟の手の上でうっとりとした目をしている。

そんな彼が大男たちによって連行されていき、サンドラはふーっと深呼吸して伸びをした。

（久しぶりに帰ってこられたわね……）

今、サンドラがいるのはレディアノール王国東部にあるエドモンズ伯爵領。サンドラの生まれ故郷だ。

サハルが問題を起こしてしばらくして、帝国から使者が戻ってきた――と思いきや、なんと皇帝その人までやってきていたので、サンドラたちも仰天した。

事情を聞いた皇帝は、どうしてもストルやレディアノール王家と話がしたいと思ったようで、反対する臣下たちを説き伏せ叱り飛ばし最後には半ば夜逃げするような形で宮殿を飛び出し、船に飛び乗ったという。

そんな彼は、サハルの軽率な行いを聞いて激怒した。「わしがそのような卑劣な手段を命じるとでも思ったのか！」と叱られたサハルは、今にも泣きそうな顔をしていた。あくまでも皇帝のため、帝国のため、と思って行動してきた彼にとって、皇帝による叱責はあらゆるものに勝る罰となっただろう。

皇帝はサハルの身柄を預かり帝国でしっかり裁くと約束してから、サンドラにも謝罪してくれた。それが道理とはいえ大帝国の国主に頭を下げられるなんて心臓に悪く、サンドラは緊張と心労でふらつきそうになりながらも謝罪を受け入れた。

そうして皇帝とレディアノール王、王太子たちとの間で会議の場が設けられた。皇帝はやはりストルを連れて帰りたいと思っているが、かといってレディアノール王国との間に軋轢《あつれき》を生じさせるような形にはしたくないそうだ。

国家間での会議はまだ続くとのことなので、この間にサンドラたちはストルを連れて、エドモンズ伯爵領を訪問することになった。かねてよりストルは伯爵領に行きたがっていたし皇帝からの許しもあったので、いっそ今の時間を使ってストルを連れていった方が後腐れもないだろう、ということになったのだ。

「……ストル殿、はしゃいでいるようだな」

野太い声が聞こえてきたので隣を見ると、ストルを連れていった父や弟たちを見守るユリシーズの姿があった。今回の里帰りにおけるサンドラとストルの護衛も兼ねて、彼が一緒に来てくれることになったのだ。

「ストルも少し気落ちしているようですから、お父様たちとふれあうことで元気になれるのなら何よりです」

「うむ、いずれ帝国に戻るにしても、英気を養うことは大切だからな」

そこで一旦言葉を切ってから、ユリシーズは「サハル殿のことだが」と切り出した。

「あやつがあそこまで強気だったのは、皇帝陛下の意向が届く前にサンドラを帝国に連れていくことに同意させ、それを己の手柄にしようとしていたからだそうだな」

「……いい迷惑です」

ついサンドラが毒を吐くと、ユリシーズが朗らかに笑った。

「ああ、本当にな。……そして先を急いだ挙げ句パーシヴァル殿下に見つかりストル殿にも証言されてしまっただけでなく、皇帝陛下の怒りも買うとは……」

皇帝も、最初はサンドラを帝国に連れて帰らせようと考えたそうだ。だが、博覧会で挨拶をしてきたときのサンドラとパーシヴァルの仲睦まじい様子を見たことや、そのときに自分がサンドラのことを褒めた事実もある手前、離縁しろと命じるのは恥ずかしいことだと思ったという。

そういうことで、あれこれ悩むよりも自分が乗り込んで話を付けた方が早い、という結論に至ったそうだ。何百年も続く帝国を牛耳る皇帝ということで傲岸不遜な人物なのではないかと勘ぐっていたことが、恥ずかしくなってくる。

(皇帝陛下は、私やサハルが思っていたような方ではなかった、ということね)

だから、両国首脳間での会議もうまくいくはずだ、と思っている。

……ふと、視線を感じた。サンドラたちが立つ丘の麓には夏に刈り取られて丸裸になった小麦畑があり、そこには手を振る少年たちの姿があった。

「サンドラ様ー！　おかえりなさーい！」

「おきさきさまー！」

まだ十歳にも満たないだろう子どもたちが、きらきらとした眼差しでサンドラに手を振ってきている。思わずこぼれた笑みと共に手を振り返すと、「手、振ってくれた！」「おうぞくのふりかただ！」とはしゃいだ声を上げながら、走り去っていった。

なお、年齢一桁の少年たちとはいえむっちりとした筋肉をつけつつあるのがよく分かった。普通、子どものうちから筋肉を身に付けすぎると身長が伸びにくくなったりするそうだが、妖精の女王の加護の力を惜しみなく浴びて育った彼らには、無用の心配である。

「……サンドラよ。もし、国のため、民のために離縁して一人帝国に渡れ、と命じられたならば、承諾することができるか？」

ふいにユリシーズに問われたのでそちらを見ると、彼はサンドラの方を見ることなく前を向いたままだった。

彼の問いは、もしかしたら……と危惧していたもの。

サンドラは秋の風を受けてなびく自分の髪を手で押さえ、ゆっくりとうなずいた。

「はい、承諾します」

「そうか」

「私はもう、一般市民ではありません。私情で多くの人たちを困らせてはならない、それくらいなら己の心を殺すべきだと分かっております」

だが。

「辛くて辛くて……一人になったら、泣く日々を送ると思います」

「……」

「それでも、皆の前では笑顔であり続けます。私は私の意思でこの道を選んだのだ、何も後悔していない、と一生訴え続け、悲しみの心は誰にも明かさず墓場まで持っていきます」

「それでよい。……人間の心は、たやすく変わるものではない。健康で意志の強い者が、断腸の思いで下した決断により心を病み、儚くなってしまうことだってある」

ユリシーズはそこでサンドラの方を向いた。

「サンドラが王子妃としての決断を下せるのなら、私は兄として誇らしい。……だが、愛する妹が泣き暮らす日々を送るなんて、想像するだけでもこの筋肉が震えそうなほどの絶望を感じる。……だから、そうならなくてよかった、と思っている」

「お兄様……」

ユリシーズは、微笑んでいる。だが今はなぜかその笑みが今にも泣きそうなものに思われてサンドラが目を見開くと、妹の視線から逃れるように視線をそらされた。

「とはいえ、いつかまた同じような決断を迫られる日が来るかもしれない。今回はサハルの介入がかえって我々にとって好機となり、皇帝陛下もいらっしゃったことで丸く収まりそうだが……」

「分かっております。そのときも私は必ず、王子妃としての正しい決断を下します」

サンドラは、秋の風に包まれる故郷の大地に視線を向ける。

「……私、このエドモンズ領が……そしてレディアノール王国が、大好きなのです。今回訪問したロドムニア帝国も異国情緒溢れる素敵な場所でしたけれど、私が帰る場所、私が守りたいと思う場所は、やはりここなのだと改めて思いました」

「……」

「私、これまで守られっぱなしでした。でも今は、私が皆を守ることができる。それだけの力と権力が、今の私にはあるのですから」

「サンドラ……」

「大丈夫です！　私は、一人じゃないんです。お兄様たちもいるし……パース様とも、協力し続けます」

不安げな声を上げたユリシーズを見て、サンドラは微笑んだ。

「もし困ったことがあっても、二人で一緒に悩みます。たくさん悩んで悩んで……それで、一緒に結論を出します。そうして出した結論なら、私は悲しくならないから。これで大丈夫、と私を強くしてくれるから」

始まりがひょんなことだったとしても、今のサンドラはパーシヴァルの伴侶として共に歩むこことだった。

問題が起ころうと、彼と共に悩んで解決策を出していく。それは、サンドラにとってとても嬉しいことを決めている。

ユリシーズと一緒に屋敷に向かい、母や養母となった伯母と再会する。

そこで彼女らと一緒にお茶を飲んでいると、玄関の方がどやどやとにぎやかになった。

「ただいま戻ったぞ」

「サンドラ様ー！　ストレロッツォレル、冒険より戻りました！」

リビングのドアが開き、まずぬっと姿を見せたのは養父である伯爵で、その直後ストルも飛んできた。彼はサンドラとユリシーズの他に女性二人がいるのを見て一瞬怪訝そうな顔をしたが、サンドラが「私の実母と養母です」と紹介すると、ころりと態度を変えた。

「なんと、ではあなた方はサンドラ様のご母堂と、ユリシーズ様たちのご母堂か」

「はい、そうです」

「初めまして、妖精様。娘より、噂は聞いております」

養母と実母が言うと、ストルは「どうも」と軽く頭を下げた。彼女らは男性ではないしエドモンズ伯爵家の血筋でもないので本来ならばストルが敬意を払う対象ではないのだが、サンドラやユリシーズの母ということで最低限の礼儀は必要だと思ったのだろう。

「ストル殿、伯爵領は満喫できたか？」

「はい！　大地や空気に女王陛下の力が溢れており、このストレロッツォレル、多幸感で胸がいっぱいになりました！　それにあらゆるところに、女王陛下が願われたような健康な男がいて……ああっ、女王陛下！　あなたの慈悲の心は今もなお、この大地に息づいております！」

途中から感極まった様子でストルは泣き始め、サンドラの二番目の兄と弟によしよしされていた。どちらもユリシーズほどではないにしろムキムキで体が大きいので、頭を撫でられているというより二人の手のひらの間ですり潰されているかのようではあるが。

ストルの方が落ち着き、外から帰ってきたばかりの父たちにもお茶を……ということになったので、サンドラはストルを呼んでテラスに向かった。

「ねえ、ストル。私、考えたのです」

「何をですか？」

テラスのベンチに腰掛けたサンドラはストルが留まる指をついっと動かし、彼に周りの景色がよく見えるようにしてやった。

「私はやっぱり、この国が好き。この国が、故郷が、愛おしい。……だからこそ、あなたと一緒に行くことはできない」

「……」

「私は王子妃として、この国を守りたい。皇帝陛下のご意向にもよるけれど……お許しがあるのなら、私はレディアノールにいたいのです」

「サンドラ様……」

ストルは小さな背中を震わせてから、ゆっくりサンドラの方を振り返り見た。

「ぼくも、考えていました。このエドモンズ領は空気がおいしくて、人は優しくて……とても素敵な場所です。ぼくは、女王陛下が懇意にしたという男のことはよく分かりません。でも、女王陛下がこの大地を守りたい、と思われた気持ちはよく分かるんです」

「そう言ってもらえると、私も嬉しいです」

「だから。……ぼくが我がままを言ってサンドラ様を帝国に連れて帰ったらだめだって思ったんです。サンドラ様は、このエドモンズ領がお好きです。そんなサンドラ様を無理矢理連れて帰ったらそれこそ、女王陛下の気持ちをないがしろにしてしまうんです」

ストルがサンドラの方を向くように座り直したので、彼と視線を合わせる。

「それに、ぼく、何だかんだ言って髭もじゃが造った国のことも嫌いじゃないんです。あそこ、ちょっと息苦しくてなんかいちいち大袈裟なところはあるけれど、そういうところも悪くないと思うし……きっと、あの国がぼくの『帰る場所』なんだろうなって思ったんです」

帰る場所。それは奇しくも、先ほどサンドラもまたユリシーズと会話をしているときに口にしたフレーズだ。

サンドラの帰る場所は、レディアノール王国のエドモンズ伯爵領。

ストルの帰る場所は、ロドムニア帝国。

「だからぼく、帰ります。ぼく、髭もじゃが造った国がこれからどうなっていくのか、見ていきたい。女王陛下がこのエドモンズ領で『使命』を見つけたように……きっとぼくの『使命』も、あの国にあると思うんです」

「ストル……すごいです。立派です！」

サンドラが安堵しつつもストルを褒めると、彼は「えへへ」と頬を赤らめ……だが途中でつんと唇を突き出した。

「でもでも！　やっぱりサンドラ様と離れるのは嫌なんです！　ずっと一緒は無理でも、たまになら会えませんか？　頑張ったらサンドラ様やユリシーズ様と会えるって思ったら、ぼくあっちでもむちゃくちゃ頑張れますもん！」

「……ふふ。それもそうですね」

「でしょう⁉　ね、ね、サンドラ様！　髭二世をなんかこう、いい感じに説得して、ぼくとサンドラ様たちがちょくちょく会えるようにしてくれませんか⁉」

ストルが目をきらきらさせながら言うので、サンドラはしばし沈黙したのちに……はっとした。

（それって十分、実現可能なんじゃ……？）

＊＊＊

サンドラとユリシーズ、ストルがエドモンズ伯爵領訪問を終えて王都に戻った頃には、王族と皇帝との間での会議も順調に進んでいた。

そこでサンドラはパーシヴァルにも協力を頼み、ストルを連れて会議に出席した。その場でサンドラは伯爵領でストルと話をしたときに出てきた、「ちょくちょく会えるようにする」件を持ち出した。

どうやら会議でもそのような案は上がっていたらしいし、ストル本人が帝国に戻ることを了承したため、皇帝もほっとしていた。

そうして、両国の和平策として決まったことがある。それは、「レディアノール王国第二王子夫妻を親善大使としてレディアノール王国とロドムニア帝国は協定を結び、毎年交流会を開く」というものだった。

交流会はレディアノール王国とロドムニア帝国で交互に開かれることとして、ロドムニア帝国で開催されるときはサンドラがストルに会いに行き、レディアノール王国で開かれる年にはストルが来る。そこでサンドラと一緒に過ごしたり、伯爵領に行ったりする。

また帝国はストルを国宝ではなくて、一人の妖精として扱う。彼を宝物庫に閉じ込めるのではなく、外に出たいときにはいつでも出て行けるようにする。もちろん移動範囲はある程度制限されるし、式典のときなどは伝説の妖精として皆の前に出るなどしてもらうことになる。

だがこれらの話を聞いたストルは、すんなりと承諾した。サハルの事件や念願のエドモンズ伯爵領訪問を果たしたことなどを通して、自分の中での考えがすっきりまとまったようだ。

「はなツンがおまけについてくるのも、まあ我慢してやってもいい」と偉そうに言っていたが、そんな彼もいざ帝国に戻ることになりレディアノール王国の港町まで見送られる段階になると、パーシヴァルの髪にしがみついていた。

「おい、はなツン！　来年、おまえも絶対に来るのだぞ！」

「分かっているとも。……だがストレロッツォレル殿は、私がいなくてもサンドラがいれば十分なのでは？」

「も、もちろん一番会いたいのはサンドラ様だ！　だが……ほら、ぼくがずっとサンドラ様にべったりだと、サンドラ様のご負担になるだろう！　そのときにぼくが、おまえに相手をされてやってもいいと言っているのだから、光栄に思え！」

「分かった、光栄に思う」

　パーシヴァルが真面目に返すと、ストルは「よろしい！」と偉そうに胸を張った。

（何だかんだ言って本当に、パース様にも懐いたのね……）

　彼の崇拝対象はエドモンズ伯爵家だが、それとは別の形でパーシヴァルにも友好の気持ちを抱いているのだろう。こうしてサンドラが見守っている間も、「別れの記念に何か寄越せ」「では、このハンカチを……」なんてやりとりをして、パーシヴァルからもらった絹のハンカチを嬉しそうに掲げてくるくると飛んでいるのだから。

「ストル。また来年会いに行きますが、どうか元気でいてくださいね」

「もちろんです、サンドラ様。このストレロッツォレル、来年には帝国中の人間があがめ奉るような、偉大な妖精になってみせましょう！」

　ストルはそう言ってサンドラと別れの握手――サンドラの人差し指を、ストルがぎゅっと握る形だ――をしてから、飛んでいった。彼の行く先には皇帝がおり、彼は見覚えのある壺を手にしている。

　サンドラが土産として買った壺だが、ストルは移動の際にあれに入るのがすっかり気に入ったようだ。そこで全く同じものを後日送ってもらうことにして、壺は皇帝に渡すことにした。なお、同じくストルが気に入ったドールハウスも譲ることになったため、帝国の使用人が恭しく捧げ持つ台座の上にかわいらしいハウスが置かれていた。

　皇帝はストルの入った壺を大切そうに抱え、サンドラたちにうなずきかけてからきびすを返した。半ば無理矢理王国に渡った皇帝だが、彼を迎えるために立派な船と大量のお付きが来ている。

　お付きたちを連れた皇帝が船に移り、タラップが外される。帝国がつい最近完成させたという蒸気船なる船は巨大な黒い筒から灰色の煙を吐き出しながら向きを変え、南東の海へと進んでいった。

　帝国一行が乗る船が水平線の彼方に消えて見えなくなるまで見送り、サンドラたちは港町にあるゲストハウスに移動した。今ロイドが王都帰還の準備をしているので、それが終わり次第馬車に乗って出発する予定だ。

「寂しいか?」

　二人ソファに並んで座りお茶を飲んでいるときにパーシヴァルに問われたので、サンドラは彼の方を見て微笑んだ。

「最初は、なんだか大変なことに巻き込まれたなぁ、お世話が大変な妖精だなぁ、なんて思いましたが、いざいなくなってしまうと寂しいですね」

「サンドラがそう思ってくれるのは、ストレロッツォレル殿にとって何より嬉しいことだろう」

　パーシヴァルも笑みを浮かべてから、小さく息を吐き出した。

「……本当に、よかった。サンドラを、一人帝国に送り出すことにならなくて」

「……」

「私は、王族だ。幼少期から王族としての生き方を教わってきたし、私の血肉は民たちから献上されたもので作られている。だから有事には己の心を殺してでも民を守れるような行動を取らねばならないと分かっている」

　それでも、パーシヴァルは辛かったのだ。

　サンドラと離ればなれにならなくてはならないかもしれない、と思ったことが。ストルやサンドラの扱いについて、兄たちと意見が割れたことが。自分の気持ちを貫けば、ともすれば国家問題になるかもしれなかったことが。

「……前にも言ったと思いますが。私は、こうしてパース様が私のことを考えてくれることが、とても嬉しいのです」

　サンドラは手を伸ばし、パーシヴァルの手をそっと握った。

「私も王家に嫁いで一年以上になりますし、妃として生きることの意味を理解しております。気持ちと現実が両立しないことも、重々承知しております。国のためになるのなら……あなたと離れよという命令も受けねばならないと分かっております」

「……」

「だから、うんと話しましょう」

ぎゅっと、自分より一回りも大きな手を強く握って、サンドラは言う。

「一緒に考えて、あがいて、小さな可能性でもいいから解決策を探して……その末に運命を受け入れるのなら、私は悔いはないと思います」

「ないのか？」

「はい。だって、距離が離れたら縁が切れる、というわけではないのですから」

ストルだって、そうだ。

もう彼は皇帝たちと共にレディアノール王国の港を離れており、次に会えるのは早くても一年後だ。もちろん寂しいが、嫌だとは思わない。

「きっと、ままならないことはたくさんあると思います。苦しい思いをすることもあると思います。……でも、それが私たち二人で悩んだ末に出した結論なら、受け入れられると思うのです」

「……なるほど。命令だからと唯々諾々と受けるのと、私たちなりに考え、あらがって、話し合った末に受け入れるのでは、その後の気持ちも違うと」

それもそうかもしれない、とパーシヴァルは晴れやかな表情で笑ってから、空いている方の手でそっとサンドラの手を包んだ。

「やはり君は、素晴らしい妃だ。……本当に、私のような者が夫でいいのか疑問に思えてくるくらいだ」

「あら、私が素晴らしい妃だとしたらそれは、あなたのおかげですよ？」

「それならば光栄だ」

パーシヴァルは満足そうにうなずいてから、ふと真剣な眼差しになった。

「……私も、君と共に歩けるような王族でありたいと思う――が、本心はそんなこぎれいなものではない。なんなら今だってすぐに君を抱えて馬車に乗って二人きりになりたいし、離宮に戻れたら使用人たち全員を追い出して二人の時間を過ごしたい」

「パース様……」

「それに……その、だな。帝国との問題も解決したのだから、そろそろ……を考えたくて」

「何ですか？」

新しい政策についてだろうか、それとも騎士団関連の施策だろうか、とサンドラは夫の顔をのぞき込んだが、なぜかものすごい速度で顔を背けられてしまい彼の金色の毛先がサンドラの頬をくすぐる。

「私たちが結婚して、一年以上経った。そういうこともあるし……離宮に、もう一人住人が増えてもいい頃かと考えている」

「……」

目をそらしたままのパーシヴァルに言われたサンドラは、しばしその言葉を呑み込んでしっかり咀嚼し――

（……えっ？　そ、それって――）

「あの――」

「いやもちろん、サンドラの気持ちを最優先するからな⁉　無理強いなんてできないし、そもそも私たちは契約結婚が始まりだったのだから、こういうのは当初の契約書にも書いていない。今のはなし、なしだ！」

「パース様」

ぴしりとサンドラが言うと、一人で慌てていたパーシヴァルもぴしりと背筋を伸ばした。サンドラの言葉を待っているのか、頬をほんの少し赤らめた夫がじっとこちらの言葉を待つ仕草は、金色の毛並みを持つ大型犬を彷彿《ほうふつ》とさせた。

そんな夫がなぜかとてもかわいらしく思え、サンドラは微笑んだ。

「私たちが結婚する際に交わした約束事と、その修正案について覚えていらっしゃいますか？」

・いつも仲睦まじい二人である
・お互いのプライベートを守る
・何かあれば随時相談し、二人で解決する
・自分の気持ちや感情を、相手に押しつけない
・それぞれの気持ちに応じて随時、適切な身体接触を行う

「何かあれば相談して、一緒に解決しようとする。私たち二人の気持ちを尊重して、いつも仲のいい夫婦でいる。……そう約束しましたよね？」

サンドラの言葉にパーシヴァルはうなずき、そして照れたように笑った。

「……君の言うとおりだ。ならば、こういうこともきちんと話をしないといけないな」

「そうですよね！」

サンドラが微笑むと、ふと真剣な表情になったパーシヴァルが身をかがめ、サンドラの頬に触れてきた。

「サンドラ」

口づけが、額に落ちる。

「愛している」

続いて、頬にも。

「どうかこれからも、私と一緒にいてくれ」

吐息と共に、耳朶にもキスをされて。

「永遠に、君だけを愛している。君の最高の夫であり続けられるよう、努力を惜しまない」

声は甘いが、彼の決意が感じられる言葉。

矢継ぎ早に贈られるキスに驚いていたサンドラだが、パーシヴァルの視線からそれがいよいよ唇に落とされると気づくと、今になって心臓がどきどきと高鳴ってくる。

（やっと慣れてきたと思ったのに……やっぱりパース様には、まだ勝てないわ……！）

ぐぬぬ、と思いつつも、パーシヴァルに求められ翻弄されるのは嫌いではないどころか……大好きだ。

目を閉じると、ついに待ち焦がれた唇へのキスが与えられる。

一つの大きな仕事を終え、そしてこれから訪れるだろう甘い予感に、体中が震えてくる。

「パース様……」

「……サンドラ」

「あの。私も……その……」

せっかくいい雰囲気、よい話の流れになったのだから、先ほどのパーシヴァルの「提案」について、サンドラの気持ちも伝えたい。

そう思って口を開いたのだが……トントン、とドアがノックされる音がした。

「パーシヴァル殿下、サンドラ様。もうすぐ馬車の仕度が完了します」

「ロイド、おまえ……タイミングが悪すぎるだろう」

「……い、いきなりなんですか？」

ひどく低い声でパーシヴァルが唸ったので、ドアの向こうで珍しくもロイドが狼狽したような声を上げていた。

一気に甘い雰囲気も消し飛ばされたが、ついサンドラは笑ってしまった。甘い時間も大好きだが、こういういつもどおりの風景も、サンドラはこの上なく愛しているのだから。

「皆を待たせてはなりませんね。お茶を飲んだら、行きましょうか」

「そうだな。……『例の件』についてはまた後ほど、しっかりと話をしようではないか、私の妃よ」

観念したようにパーシヴァルが微笑んだので、彼の言わんとすることを察したサンドラはつい頬が熱くなるのを感じつつも、強気に笑ってうなずいた。

「もちろんですとも。……私の、殿下」


これからも、サンドラはレディアノール王国の第二王子妃として、何かしらの問題にぶつかることになるかもしれない。

だが、いつだって自分の隣にはパーシヴァルがいる。

彼と一緒に歩けること、彼に信じてもらえること、彼に愛してもらえることが、サンドラにとっての喜びだ。

(だから私は……大丈夫)

これからもサンドラ・レディングとして、胸を張って生きていける。

パーシヴァルと共に。

番外編

主従喧嘩は犬も食わない

「ごきげんよう、アーシュラ様」

「サンドラ様、わざわざご足労くださりありがとうございます。体調は大丈夫ですか？」

「最近めっきりよくなりまして、むしろ今のうちに運動をした方がいいと医者に言われているのです。アーシュラ様の方こそ、お体を大事になさってくださいね」

ロドムニア帝国とのあれこれが起きてからもうすぐ一年というある日、サンドラはパーシヴァルと共にサージェント男爵邸を訪問していた。

パーシヴァルはロイドと話すことがあるらしく、サンドラは先に応接間の方に通してもらい、そこでソファに座っていたアーシュラと言葉を交わした。

季節は穏やかな春を迎えているのだが、サンドラもアーシュラもこの季節にしては厚着をしている。とりわけアーシュラの方は、誰が見てもお腹の丸みがはっきりするほどになっていた。

「夏には生まれる予定でしたか」

「はい、順調に育っているとのことです。……弟なのか妹なのか、ミナがずっと気にしているのです」

「ウィレミナ様も、お姉さんになるのですね」

「ええ、それが本当に楽しみらしくて……妹だったら一緒に人形遊びをするし、弟だったら勇者様ごっこにも付き合うと気合いを入れております」

アーシュラは微笑んでから、サンドラのお腹の方に視線を向けた。

「サンドラ様の方は、いかがですか？」

「ちょうど昨日診察があったのですが、おそらく秋の終わりか冬の頭頃になるだろうと言われました」

「それは楽しみですね」

「ええ。……まさか、子どもたちが同い年になるとは」

そう言ってサンドラが微笑むと、アーシュラも目を細めた。

去年の冬に、アーシュラが第二子を懐妊していると分かった。そのときロイドはパーシヴァルと共に王城にこもっていたのだが、その話を聞くなり周りのものをぶっ飛ばす勢いで屋敷に帰っていったそうだ。

それを見たパーシヴァルは、「あのロイドも、妻の妊娠を聞くとあそこまで変わるのか……」と思ったそうだ。だが今年の頭にサンドラの妊娠が分かったときの彼もほぼ同じ感じで、驚きのあまり執務室のデスクに積んでいた書類やら本やらを全て床にぶちまけながら部屋を飛び出し帰宅したのだと、お付きの使用人が教えてくれた。

決して合わせたわけではないのだが偶然ほぼ同じ時期に子どもが生まれることになり、サンドラとアーシュラは喜んだ。そして話を聞いた王太子からは、「もし二人さえよければ、サージェント男爵夫人を乳母にするのはどうだ」と提案された。

王子王女の乳母は、ともすれば王族に次ぐほどの権力を持つ。過去に非常に傲慢で実の両親を手に掛けて王位に就いた国王がいたが、そんな彼も乳母にだけは頭が上がらなかった、という逸話があるくらいだ。

サンドラの子どもは現在のところ王孫で、王太子が即位したら王甥・王姪になるので、正確には王子王女ではない。だが、その乳母となると王家も慎重に精査するべきであるため、王太子の乳兄弟でパーシヴァルの側近であるロイドの妻なら、身分的にも立場的にも安心できるのだ。

この提案をアーシュラもロイドも快く受けてくれたし、サンドラやパーシヴァルもアーシュラならむしろ頼みたいくらいだと思っている。よって、アーシュラの健康状態などを鑑みつつ問題ないということになれば、彼女に乳母を任せようということになっていた。

もしアーシュラが乳母になれば彼女は離宮に住み込みになるが、離宮の部屋は余りまくっているくらいなので問題ない。それどころか、夫のロイドや娘のウィレミナも一緒に来るのも大歓迎だ。

四歳になったウィレミナも母がずっといないのは寂しいだろうから、いっそ離宮に呼べばにぎやかになっていいだろう、と王家と男爵家の間で考えている。

「……それにしても、パース様たち、遅いですね」

「そうですね。長話でもしているのでしょうか」

二人分のお茶の準備も万端なのに、なかなか応接間に来ない。「馬車を停めて、ロイドと少し話をしたらすぐ行く」と言っていたはずなのだが。

(何か揉めている……とか？)

帝国絡みであちこちで不和が生じたという過去もあり、もしかしてパーシヴァルとロイドの間で何か揉めているのではないかと、サンドラは不安になってきた。

（どんな理由があったとしても、パース様とロイド様が仲違いをするようなことにはなってほしくない……）

そう思ったのはアーシュラも同じだったようで、彼女は真剣な顔をしてからうなずき、ソファに立て掛けていた歩行補助用の杖を手に取って立ち上がった。

「アーシュラ様、私が見てきます」

「わたくしも参ります。今日はかなり動けるようですし……場合によっては夫のお尻を叩かなければなりませんからね。座って待っている場合ではありません」

そう言って不敵に笑うアーシュラはものすごく頼もしいが、どうしても彼女が持っている杖をちらっと見てしまう。歩行補助用……のはずだが。

ということでサンドラはアーシュラやそれぞれの侍女を伴って、パーシヴァルらの様子を見に行くべく応接間を出たのだが――

「……もしそうなったら、私はおまえを許せない」

廊下の角のところでパーシヴァルの声が聞こえてきたので、足を止めてアーシュラと視線を交わしてしまう。

「だから、そのような可能性を口にするのではない」

「殿下は甘いですね。可能性がある以上、無視するわけにはいかないのですよ」

「だがっ！」

「だいたい、それの何が不満なのですか？」

「……余裕ぶっているようだが、ロイド。もし逆の立場になったら、おまえは冷静でいられるのか？」

ロイドが煽るとパーシヴァルが煽り返し、珍しくもロイドが黙ってしまった。力ではパーシヴァル、口ではロイドが強いことは誰もが知っているのだが、こんなこともあるのか。

（いや、それよりもこれは、まずいわ！　止めないと……）

「……いいか、ロイド。二度も言わせるな」

いよいよパーシヴァルが凄んだので、サンドラはぐっと前に進み出ようとして――

「もし私の子が娘でも……おまえのところに、嫁にはやらんからな！」

――パーシヴァルの裂帛《れっぱく》の声に、ぴたり、とサンドラは動きを止めた。背後から、アーシュラが大きなため息をつく音、侍女たちがあらあらまあまあ、と言う声が聞こえる。

沈黙するサンドラをよそに、廊下の向こうでは男たちがわいわいとやりとりを続けている。

「そういうのって、結局は娘からウザがられるのですよ？　やめておいた方がいいです」

「ふん、やけに自信満々だが……おまえだって近い未来、ウィレミナ嬢にウザがられるかもしれないのでは？」

「……私は娘とは適切な距離感を保っております。ですから、嫁にやらんなどは言いません」

「ほう？　ではおまえの娘が私の息子のところに嫁に来ると言っても、快く送り出せるのだろうな？」

「……そのときにならないと分からないことは、想像しません」

やりとりを聞く限り若干ロイドの方が優勢に思われるが、彼の声に迷いがあるのにパーシヴァルも気づいているのだろう、やけに煽っている。

（何をされているのよ……）

やれやれ、とサンドラは思うのだが、いつも第二王子とその側近として凛としている男たちがまるで男児のように言い合いをしているのを聞くのは、申し訳ないが少しだけ面白いと思ってしまった。

……ただし。

「……あなたたち？」

ずい、と進み出たのは、折檻用――ではなくて歩行補助用のはずの杖を手にした、アーシュラ。

まさか廊下の向こうにアーシュラが、そしてひょっこりと顔をのぞかせたサンドラがいるとは思っていなかったようで、パーシヴァルとロイドがぎょっとした様子でこちらを見ている。

「大変盛り上がっているようですけれど……妻を放置して、一体何をやっていらっしゃるのでしょうか？」

「え、いや、その……」

「アーシュラ、身重なのだからそんなに歩いて……」

「あなた方がさっさと戻ってきたらよかっただけの話では？」

サンドラはアーシュラの後ろにいるので、彼女が今どんな顔で言っているのかは分からないが……男たちがひっと息を呑んで後ずさったので、きっとかなり怖い顔をしていたのだろうと思う。

第二王子と次期侯爵という貴公子たちを怯えさせたアーシュラは、ほほほ、と上品に笑って、手元の杖を弄んでいる。

「そんなにおしゃべりをしたいのでしたら、どうぞご自由に。わたくしたちはわたくしたちで、勝手に楽しませていただきますので……ねぇ、サンドラ様？」

「……あっ、ええ、そう、ですね。お茶も……冷めてしまいますし」

今のアーシュラには逆らえないのでサンドラはぎこちなくうなずき、侍女たちもまた「さあさあ、殿方は放っておいて、こちらへ」「女だけで、おしゃべりをしましょうね」とそれぞれの主人の肩を抱いてさっさときびすを返そうとした。

それを見て焦ったのか、パーシヴァルとロイドが急いで走ってきた。

「すまない、サンドラ！　その……つい、生まれる子どもたちの話で盛り上がってしまい」

「……それじゃあ、もし私たちの娘がアーシュラ様の息子と仲よくしても、許してくれますか？」

「うっ」

サンドラの言葉に、パーシヴァルはうめき声を上げ。

「私が悪かった、すまない、アーシュラ。だから、おとなしくしていてくれ」

「もちろんでございます。……もし次の子も娘で、その子やミナがサンドラ様のご子息に恋をしたとしても文句を言いませんよね？」

「ミナまで……だと……？」

アーシュラの言葉に、ロイドが絶句する。

そうしてしゅんとする夫を見て、サンドラとアーシュラは互いの視線を交わしてくすっと笑った。

どうやらどちらの夫も、妻には勝てないようだ。

＊　＊　＊

その年の夏の終わりにアーシュラが第二子を、冬の初めにサンドラが第一子を出産した。性別がどちらなのかそれぞれの父親たちがやきもきする中、生まれたのはどちらも男児だった。

アーシュラの子どもはおとなしくてあまり泣かない子で、サンドラの子の方が体格が大きくて元気よく泣いた。当初の予定どおりアーシュラが乳母になったので、二人の赤ん坊は隣同士のベビーベッドに寝かされ、一緒に育てられることになった。

やがてサンドラの息子は元気いっぱいで活発、アーシュラの息子は基本的におとなしいもののやけに口が達者という——まるでどこかの主従のような性格に育った。

……のちに、サンドラの息子の初恋の人がウィレミナだったと判明したことでパーシヴァルとロイドが喧嘩をしたり、エドモンズ伯爵領に遊びに行くたびに息子がでかくなるためサンドラが里帰りについて悩むようになったりする。

夫婦たちの奮闘は、まだまだ続きそうである。

本書に対するご意見、ご感想をお寄せください。

あて先

〒162-8540 東京都新宿区東五軒町3-28
双葉社　Mノベルスf編集部
「瀬尾優梨先生」係／「なま先生」係
もしくは monster@futabasha.co.jp まで

Mf ノベルス

魅惑《みわく》の王子《おうじ》と魅了《みりょう》の効《き》かない伯爵《はくしゃく》令嬢《れいじょう》の契約《けいやく》結婚《けっこん》②

2025年2月11日　第1刷発行

著　者　瀬尾《せお》 優梨《ゆうり》

発行者　島野浩二

発行所　株式会社双葉社
〒162-8540　東京都新宿区東五軒町3番28号
［電話］03-5261-4818（営業）　03-5261-4851（編集）
https://www.futabasha.co.jp/（双葉社の書籍・コミック・ムックが買えます）

印刷・製本所　三晃印刷株式会社

［電話］03-5261-4822（製作部）
ISBN 978-4-575-24797-8 C0093

Mノベルス

親から召使として扱われているマリーの誕生日パーティー、主役は……誰からも愛されるマリーの姉・アナスタジアだった。パーティーを抜け出したマリーは、偶然にも輝く緑色の瞳をしたキュロス伯爵と出会う。2人は楽しい時間を過ごすも、自分の扱われ方を思い出したマリーは彼の前から逃げ出してしまう。そんな誕生日からしばらくし、姉とキュロス伯爵の結婚が決まったのだが、贈られてきた服はどう見てもマリーのサイズで——!?「小説家になろう」発、勘違いから始まったマリーと姉の婚約者キュロスの大人気あまあまシンデレラストーリー！

発行・株式会社　双葉社